Min allra käraste
I fall det skulle ske,
eller någon annan i vår
i trångmål eller olycka
vill jag berätta för er
som växande liv
ni är för mig –
en sällsam skatt.
Er tillgivna

ROSENBORGENS HEMLIGHET

GUDRUN WESSNERT

EN RIDDARBERÄTTELSE

BONNIER
CARLSEN

Av Gudrun Wessnert har tidigare utgivits:
Sketna Gertrud och kung Magnus kalas 2002
Enhörningens gåta 2004
Sketna Gertrud och råttjakten 2004
Storfurstens dotter 2005
Nunnorna och hönsen 2006

ROSENBORGENS HEMLIGHET
ISBN 978-91-638-5126-1

Omslagsillustration och formgivning: Nils-Petter Ekwall
Sättning: Martin Eriksson
Typsnitt: Adobe Garamond Pro, Charlemagne Std
Utgiven av Bonnier Carlsen Bokförlag, Stockholm
Tryckt av ScandBook AB, Falun 2007

www.bonniercarlsen.se

INNEHÅLL

Silver i huset för lycka med sig

GAMMALT GOTLÄNDSKT ORDSPRÅK

PERSONER:

Tvillingbröderna William och Ulltott (Henrik), *kungens pager*

Rödnäsa, *en av kungens väpnare*

Bengt Jonsson Grip, kallas för Gripen, *väpnare*, en av kungens närmaste män, morbror till Sven

Sven, Gripens unge släkting, *ny page hos kungen*

PÅ ENHÖRNINGSHOLM:

Fru Magnhild Enhörning, *Williams och Ulltotts farmor*

Faster Märta, *tvillingbrödernas faster*

Förvaltaren

††† Margarethe Jörensdotter Hjerta, *tvillingbrödernas döda mor*

††† Erik Nilsson Enhörning, *deras döda far*

VADSTENAPALATSET:

Kungen, Magnus Eriksson

Drottningen, Blanka eller Blanche av Namur

Birgitta Birgersdotter, *före detta hovmästarinna hos kungaparet,* känd för sina samtal med Gud

Karl Ulfsson, *riddare och son till Birgitta*

Erik Abrahamsson, *riddare*

Rutger den Röde, *proffstornerare*

Grodläpp, *kungens gycklare*

Härolden

Prästen

TIGGARNA:

Olof Stenbumling

Anna Svandunet

Elin Tjuvafinger

Peter Krokhand

Sigrid Ormdöverskan, *klok gumma och jordemor*

Under Birgittas och kungens vad byter följande personer plats med varandra:

Kungen och Olof Stenbumling

Drottningen och Anna Svandunet

Birgitta Birgersdotter och Elin Tjuvafinger

Bengt Jonsson Grip och Peter Krokhand

Karl Ulfsson och Ulltott (Henrik)

KAPITEL 1

ETT HALVT BREV

Som fåglar i ett bo satt tvillingbröderna William och Ulltott ihopkrupna i tornets minsta kammare på Enhörningsholm. De hade tränat fäktning hela förmiddagen och var glada över att vara inomhus. Fast våren redan hade kommit singlade stora snöflingor ner utanför murarna.

Framför pojkarna stod en gammal kista. Med dammet kittlande i näsan rotade de runt bland innehållet. Kistan tillhörde deras farmor, fru Magnhild, som låg och slumrade alldeles intill.

– Finns det verkligen något här? sa Ulltott som egentligen hette Henrik, ett namn som självaste kungen hade gett honom. Både han och hans bror tjänade Magnus Eriksson som pager men nu var de på sin släktgård för att hämta sig efter ett äventyr i Novgorod.

– *Min allra käraste…*, läste William och höll upp ett avrivet brev, så tunt att det nästan tycktes genomskinligt, … *I fall det skulle ske…, i trångmål eller olycka…*

– Har du blivit alldeles snurrig, sa Ulltott och stirrade på sin tvillingbror.

– ... *vill jag berätta för er,* fortsatte William att läsa... *som växande liv... ni är för mig – en sällsam skatt.*

– Jag trodde att du hittade på, sa Ulltott.

– Undertecknat med... *Er tillgivna...* Det låg i den här...

William räckte över en sliten bönbok. Med ivriga fingrar slog Ulltott upp bokens innerpärm.

– *Margarethe Jörensdotter Hjerta,* läste han.

De båda bröderna mötte varandras blick. Ulltott hade tagits om hand av rövare som mycket liten, William hade växt upp på Enhörningsholm. När de var nio år träffades de igen och sedan dess hade de varit så gott som oskiljaktiga. Deras mor dog efter förlossningen och fadern, Erik Nilsson Enhörning, hade en kort tid därefter dödats i en strid. Tvillingbröderna visste egentligen bara en sak om sin mor och det var att hon hetat Margarethe.

– Margarethe Jörensdotter Hjerta..., upprepade William.

Det var som om en flik av himlen fallit ner över dem. De höll något i handen som berättade om föräldrarna, Erik och Margarethe. Men varför låg bönboken här, i farmoderns kista? Och var det en kärleksförklaring eller något annat som det talades om i det avrivna brevet?

– Hon hade kanske en hemlig beundrare, viskade Ulltott, och därför rev hon bort namnet på den som undertecknade brevet.

– Vi kan fråga farmor, sa Ulltott.

I samma ögonblick bankade det ilsket på tornrummets dörr.

Bröderna suckade. De kunde höra sin faster Märta stånka utanför. William gömde snabbt undan brevet och bönboken.

KAPITEL 2

GRIPEN

Väpnaren Bengt Jonsson Grip påminde om en rovfågel. Han var lång, med aningen böjd rygg, hade spetsig näsa och mörka, stickande ögon. De smala läpparna var ofta krökta i ett leende, sällan insmickrande utan snarare föraktfullt. Han var den rikaste mannen i landet, och elaka tungor sa att han alltid red med blicken mot marken ifall där skulle ligga en silverpeng. Bengt Jonsson Grip kunde inte låta någonting gå sig ur händerna, han ägde över fyrahundra gårdar och hästar som var större och starkare än någon annans.

Det fanns de som sa att Bengt Jonsson Grip, eller Gripen som han kallades, sålt sig till djävulen. Dubbad riddare var han inte men han var den mest fullfjädrade när det gällde intriger; han kunde vara den allra käraste vännen den ena dagen, trolös fiende den andra – om det tjänade hans syften.

Gripen satt och drog i sina fingrar och iakttog Sven, en ung släkting, som han förmått kungen att ta som page. Kungen, Magnus Eriksson, brukade ofta göra som Bengt Jonsson Grip ville. Hur skulle kungen kunna göra annorlunda? Hans kassakistor gapade tomma och så hade han den fullkomligt omöjliga Birgitta Birgersdotter i hasorna, den gudspratande spåkärringen. Gripen drog i sitt ena långfinger och tänkte att det nog var Magnus allra största olycka, att han levde samtidigt som denna heliga kossa. Men nu skulle hon – Gud ske pris och lov – lämna landet och bege sig till Rom. Hon hade fått uppdraget av Herren själv och man kunde bara tacka. För även Bengt Jonsson Grip fick sina fiskar varma av Birgitta.

Kung Magnus tänkte ställa till med ett hejdundrande kalas i palatset i Vadstena och sedan vinka adjö till henne med äran i behåll. Bengt Jonsson Grip var naturligtvis inbjuden.

Väpnaren granskade det halva brev som kommit i hans ägo. De sönderbrutna meningarna var fullkomligt omöjliga att förstå. Men några ord stod ut och glödde i hans medvetande. Han kunde inte få dem ur sitt huvud… *vid Rosenborgen vilar – och som liksom…*

Vad in i glödheta helvete menades med det? Irritationen växte i honom som en jäsande svamp.

Rosenborgen kände han väl till, han hade lagt ut pengar på gården och mer eller mindre köpt ut den förre förvaltaren. Och nog visste han vem som vilade där, i det lilla kapellet. Men det kanske inte var de döda som åsyftades.

Bengt Jonsson Grip betraktade sina knotiga fingrar och räknade ringarna som prydde dem. Sju, ett heligt tal, ett tal som egentligen inte passade honom. Han kunde gärna mista den försummade borgen om det inte vore för detta halva brev och ett envist rykte om nergrävt silver. Det gällde bara att hålla undan bröderna Enhörning som kungen var så patetiskt fäst vid.

– Sven! utropade Bengt Jonsson Grip. Är packningen klar?

– Ja, svarade Sven, en aning buttert.

Han hade inte alls lust att bli page åt kung Magnus. Han hade hellre velat stanna hemma hos sin mor som lagade så god köttsoppa. Dessutom hade han hört att kungen var ojämn till humöret och kunde brusa upp för småsaker.

– Vi rider mot Vadstena nu!

Bengt Jonsson Grip knäppte sina händer och vred dem utåt så att det knäppte till i lederna.

– Ta hand om det här!

Han kastade det trasiga pergamentbrevet till Sven.

– Det kan bli värdefullt längre fram.

KAPITEL 3

KUNGEN KALLAR

Fru Magnhild Enhörning såg sig yrvaket omkring. Hon var rynkig och böjd och påminde om ett troll där hon satt i sängen.

– Vad är det om? frågade hon. Är elden lös?

– Det är din soppa, sa faster Märta som kommit in i kammaren.

På en pall ställde hon ner en bägare med rykande innehåll.

– Ännu värre, sa Magnhild och gjorde en grimas. Du tar livet av mig.

Det var ingen hemlighet att Magnhild och hennes dotter, tvillingbrödernas faster, inte kom överens.

– Salvia och hönsbuljong är bra för gamla människor, sa Märta torrt.

– Gamla människor som man vill hålla kvar i sängen, ja. Men jag vill upp!

Märta ignorerade sin mor. Hon granskade tvillingbröderna, de måtte ha sett skyldiga ut, som två småpojkar som olovandes stoppat fingrarna i ett honungskrus.

– Vad är det med er? fortsatte hon med förgrämd röst.

– Ingenting…, sa William.

Han ville inte visa brevet för Märta. Hon hade varit hans plågoande under hela hans barndom, uppfordrande och kärlekslös. Märta knyckte på nacken.

– Middagen är serverad, Magnhild äter här uppe.

– Nej, hon kommer ner, sa William. Vi hjälper henne.

– Jaså, sa Märta.

När William bodde ensam på Enhörningsholm, utan sin bror, brukade han hjälpa sin farmor ner för alla trapporna när det var middagsdags. Fastern gick mot dörren.

– Låt inte maten vänta!

När Märta lämnat kammaren klappade fru Magnhild om sina pojkar.

– Hon säger att hon ska sätta ut mig som fågelskrämma på åkern. Det är tur att ni är tillbaka.

William och Ulltott såg på varandra. De visste att de när som helst kunde bli kallade till kungens hov.

– Och häll ut den där soppan! Till och med en döing skulle gråta över sådan mat. Jag skulle kunna äta en fårfiol om jag bara fick.

Tvillingbröderna skrattade. Det var ett tag sedan de träffade sin farmor men hon var sig lik.

Faster Märta bjöd inte på fårfiol, inte heller får i kål. Hon hade låtit koka en höna som hon serverade med glaserade rotfrukter. Nu när Knut var död, hennes man, satt förmannen vid Märtas sida. Han åt med god aptit. Även Knut hade haft god aptit men förmannen kom i alla fall upp på en häst vilket inte Knut lyckades med under sina sista år. Märta ville inte gärna erkänna det men hon hade ofta fått skämmas för sin man. Några egna barn fick hon aldrig.

– Jaså, sa Magnhild, du ger mig benen och kokar hönsköttet till dig själv ...

– Och till gårdens folk, bröt Märta av. De arbetar och det gör inte du ...

– Du snålar med kryddorna.

– Det är dyrt med peppar.

– Så, så, sa förmannen, som inte ville att mor och dotter skulle gräla.

– Det smakar i alla fall bättre än maten i Novgorod, sa William.

– Ja, där blev vi serverade fårögon, fortsatte Ulltott. Fy för den lede!

I Novgorod hade William och Ulltott rätt snart kommit ifrån kungen, avvikit kan man säga, för att leta reda på en försvunnen furstedotter. Kungen var fortfarande lite sur på dem för detta.

– Vi livnärde oss på krampesill och torkade äpplen, sa William.

– Inte konstigt att ni ser ut som fågelskrämmor, sa Märta.

Hon skrattade elakt.

– Fågelskrämmor är vi allihopa, sa Magnhild.

Hon åt som om hon inte hade fått en ordentlig måltid på månader.

Det fanns ingenting mer att säga. Man lät maten tysta mun. Med faster Märta vid bordet var det egentligen inte någon som hade lust att prata. Efter en stund blev de emellertid avbrutna av en tjänare som kom in i salen och anmälde att en främmande man stod utanför porten.

– Han presenterade sig som Rödnäsa, Magnus Erikssons väpnare, och han söker William och Henrik, meddelade tjänaren.

Ulltott gav William en knuff. Var det äntligen dags att bege sig till kungen?

– Visa in vår gäst! svarade faster Märta avmätt. Han får nöja sig med bottenskrapet.

KAPITEL 4

ROSENBORGEN

Med en brödbit sög kungens väpnare upp det sista av skyn i grytan.

– Hur känns det att vara hemma och ta hand om familjen? frågade han tvillingbröderna.

– Ha! utropade Märta. De är varken torra bakom öronen eller har nått myndig ålder.

Rödnäsa, som i vanliga fall inte var särskilt talför, klunkade i sig av ölet som förmannen hällt upp. Att ha ledigt från kungen bidrog också till att lätta tungans band.

– Vad gäller öronen är de nog torrare än de flesta andras, och vad gäller myndighetsåldern dröjer det inte så länge till, svarade Rödnäsa. Ni har ju en gård efter er mor har jag hört …

Väpnaren avbröt sig när han såg Williams och Ulltotts miner. Visste de inte? Han tittade på gamla fru Magnhild, som satt och slumrade, och på Märta som nervöst skruvade på sig.

– Vi trodde att vi bara hade Enhörningsholm efter vår far, sa Ulltott.

– Skulle det inte räcka, menar du? sa Märta vasst.

Rödnäsa förstod att han klampat rakt in i känsliga familjeangelägenheter. Han visste inte vad han skulle säga. William och Ulltott spände ögonen i honom. De var så nyfikna att de höll på att falla av bänken.

Väpnaren tittade på fastern som buttert gav sitt medgivande.

– Ni föddes på Rosenborgen ... ja ... den heter så i folkmun, er mors morgongåva från sin förste man, berättade väpnaren. När hon dog tog hennes bror över gården.

– En suput och falskspelare! sa Märta.

– Varför har ingen talat om det här? sa bröderna nästan samtidigt.

Märta kramade sina händer i knät.

– Brodern skulle förvalta gården åt er, men lät den förfalla, fortsatte väpnaren.

– Margarethe lät plantera en skog av rosor, den tokan! Trodde att hon var märkvärdig för att hon kom från Gotland.

Märta gjorde en grimas.

– Hon kanske var förtjust i rosor, sa William tankfullt.

– Hur vet du allt det här? frågade Ulltott som tyckte att hela historien lät osannolik och fantastisk på samma gång.

– Jo, sa väpnaren, så här är det. Brodern har dött ...

– Inte en dag för tidigt!

– Men faster Märta, kan Rödnäsa få tala till punkt?

Väpnaren gav William ett tacksamt ögonkast.

– Som sagt, brodern har dött, men fattig som en kyrkråtta. Han pantsatte stora delar av gården till en viss Bengt Jonsson Grip och nu gör Grip anspråk på Rosenborgen ... och som ni vet står Bengt Jonsson Grip kungen nära.

– Den mäktigaste mannen i riket, sa Ulltott.

Han stirrade på sin bror.

– Var ligger den här… Rosenborgen? frågade William.

– Någon timmes ritt norrut från Vadstena, svarade väpnaren, och nu ska ni få höra varför jag egentligen är här.

Tvillingbröderna satt som på nålar.

– Som ni kanske har hört ryktas ska Birgitta Birgersdotter, kungens hovmästarinna, resa till Rom och kungen vill hålla en avskedsfest för henne i palatset i Vadstena. Och han önskar er närvaro, William och Henrik. Dessutom vill han gå till botten med oklarheterna kring Rosenborgen och göra upp med Bengt Jonsson Grip, för kungen står inte bara Grip nära, han står även er nära…

Rödnäsa drog efter andan. Aldrig förr i sitt liv hade han talat så länge i ett streck. Förmannen såg hans andnöd och hällde upp mer öl som väpnaren sköljde ner i ett enda drag.

– Därför är ni alla inbjudna, fortsatte Rödnäsa och slog ut med handen. För kungen vill att festen för Birgitta ska bli så storstilad som möjligt.

– Birgitta! Hörde jag Birgittas namn nämnas?

Fru Magnhild vaknade till liv.

– Den märkvärdiga människan vill jag träffa. Det sägs att hon talar med Gud.

– Drömtyderskan! fnyste Märta, den stolliga kvinnan.

Rödnäsa skrattade.

– Det ska ni få, kära fru, ni ska få träffa henne, men resan är lång och vägarna skraltiga, vi måste ge oss av redan i morgon bitti.

– Över min döda kropp! sa Märta. Vi reser inte!

– Som sagt, ni är alla bjudna, sa väpnaren. Speciellt gamla

fru Magnhild ska känna sig välkommen, poängterade Hans Majestät, eftersom ni kanske vet mer än någon annan vad gäller Rosenborgen ...

– Rosenborgen ...? sa Magnhild. Det var länge sedan.

– Ni kanske har ett dokument, ett morgongåvobrev, som er svärdotter lämnade efter sig?

Magnhild skakade på huvudet.

– Jag minns inte ...

– Där ser ni, hur ska hon kunna resa någonstans?

Rödnäsa brydde sig inte om Märtas protester.

– Och ni, min fru? Vet ni om något brev?

– Absolut inte! sa Märta.

– Rosenborgen är vår och faster har hållit tyst om den, sa William indignerat.

– Och vad tänker du göra åt det? fnyste Märta. Kasta ut mig härifrån?

– Farmor följer i alla fall med, sa Ulltott. Vi tar hand om henne. Du kan stanna här om du vill.

Märta blängde på honom men förmannen lade en hand på hennes arm.

– Som ni vill men om min mor kommer tillbaka till Enhörningsholm i en kista är det inte mitt fel.

Märta gjorde korstecknet men gamla fru Magnhild skrockade av förtjusning.

– Då är allt klart, avslutade Rödnäsa.

Han kände sig mycket nöjd med sig själv.

– Vi ger oss av i morgon bitti. Vi måste in om Stockholm och hämta färskmat hos syltekonan, kungens favoritmat.

Det gäller att hålla honom på gott humör, Rosenborgen blir en svår nöt att knäcka, tänkte väpnaren för sig själv.

– Varför planterade vår mor rosor? Var hon tokig?

Det var William som frågade sin farmor. Varken han eller Ulltott kunde sova efter allt som avslöjats under middagen. De hade ledsagat Magnhild tillbaka till tornrummet och nu ville de inte gå därifrån. Fru Magnhild var lika uppspelt hon.

– Varför har ingen berättat för oss? sa Ulltott.

Den gamla log mot dem i det svaga kvällsljuset som silade in genom fönstergluggens skinnbit.

– När tiden är inne får man svar, sa farmodern dröjande. Margarethe, er mor, hade varit gift tidigare och det kunde er farfar och Märta aldrig riktigt acceptera. Hon var sju år äldre än Erik, inte särskilt ovanligt…

– Ville hon inte flytta hit, till Enhörningsholm…? undrade Ulltott.

– Nej, hon ville bo kvar på gården som hon fått i morgongåva. Hon var en ovanlig kvinna, hemlighetsfull. Familjen kom från Gotland, och hon var mycket fäst vid sin bror.

– Suputen och falskspelaren…? avbröt William.

– Nåja… Märta ska alltid överdriva, sa Magnhild. Knut red dit en gång för att tala honom tillrätta, men det gick inte så bra, ni vet hur Knut var… och sedan, ja… vi hade fullt upp med dig, William, och gården här och som ni vet tillhör vi inte de rikaste släkterna.

– Farmor, finns det något dokument om Rosenborgen, för den är väl vår nu…? sa Ulltott.

Magnhild skakade på huvudet. Med ens såg hon mycket trött ut.

– Farmor, titta här, sa William och tog fram bönboken och

det halva brevet. Vet farmor något om det här …?

– Kära barn, sa den gamla, jag kan inte se vad som står.

William läste de avhuggna raderna.

Magnhild funderade en lång stund.

– Jo, sa hon, bönboken tillhörde er mor. Men brevet minns jag inte. Ett kärleksbrev, låter det som.

Det var precis vad bröderna trodde. William rullade ihop det lilla pergamentet och band ett snöre kring det. Sedan stoppade han brevet i sin läderpung.

– Nu säger vi godnatt, sa Magnhild. Kungens pager behöver hämta krafter.

William och Ulltott klappade om henne. Det var nog mest hon själv som behövde vila men det ville hon naturligtvis inte erkänna. De kände sig skyldiga men det fanns så många frågor som inte var besvarade.

KAPITEL 5

PALATSET I VADSTENA

Under natten fick fru Magnhild feberfrossa och hon förstod själv att det var omöjligt att genomföra en färd till häst. Hon måste stanna hemma.

– Framför mina hälsningar till den där Birgitta Birgersdotter, sa hon med en suck. Och uppför er väl vid hovet så att kungen blir nöjd med er!

Tvillingbröderna nickade och efter att ha förmanat Märta att vaka över farmodern tog de ett kärt farväl.

Tillsammans med Rödnäsa red de bort från Enhörningsholm.

Vägarna var fulla av lera. Men solen sken från en klarblå himmel och snön som fallit hade redan smält. Det var verkligen aprilväder. Fåglarna kvittrade, de hörde både lärkan och staren.

Det tog dem hela dagen att komma till Stockholm. Hos Sketna Gertrud syltekona på Gåsgränd köpte Rödnäsa upp hela lagret av syltor, pastejer och blodkorvar.

– Ska kungen ha kalas? frågade syltekonan.

– Jajamen, sa Rödnäsa, avskedsfest för Birgitta.

– Det må jag säga…

Gertrud torkade sig på sitt skitiga förkläde.

– Då blir det livat.

Hon räckte William och Ulltott varsin korvbit.

– Jag har packat in allt ordentligt. Rid försiktigt!

– Ingen fara, svarade William och satt upp på Pim.

– Jag tänkte förstås på rövare, sa syltekonan. De kan känna doften av mina syltor genom en hel snårskog.

– Du har inga aladåber? undrade väpnaren.

Aladåber, gelétårtor med hönskött och annat smått och gott, var kungens favoritmat.

– Då måste jag själv följa med och laga dem i Vadstena, sa Gertrud. De skulle skaka sönder på hästryggen.

– Han får nöja sig med syltorna och pastejerna, sa Rödnäsa. De doftar ljuvligt.

– Förresten skulle Birgitta skälla på kungen om han vräkte på för mycket med maten…

– Det lär hon göra ändå, skrattade väpnaren.

William och Ulltott var rastlösa och ville komma iväg. Allt de hade i huvudet var Rosenborgen. Båda två hade börjat fundera över hur de fortast möjligt skulle kunna ta sig dit. Men att avvika från kungen – som de gjort i Novgorod – kunde stå dem dyrt.

Tyvärr blev de tvungna att sova över hos en av stadens tavernare. Till ljudet av skällande hundar och skrålandet från ölstinna kroggäster på väg hem genom gränderna somnade bröderna på en unken halmmadrass.

Ryktet om den stora avskedsfesten för Birgitta hade varit i omlopp i veckor och till Vadstena drog nu allehanda löst folk som tiggare, trollkonor och kringvandrande gycklare. De flesta hoppades på någon läcker matrest, andra sökte jobb för dagen. Nog kunde det behövas extra hjälp med köttspetten och hästarna. Visserligen hade de inbjudna riddarna sina egna följen men det visste man hur det var med den saken; när öl och vin kom på bordet kunde folk spela bort både vapen och hästar.

Även det förestående tornerspelet drog till sig folk, som slagskämpar och förrymda brottslingar. De flesta hade aldrig i sitt liv sett ett tornerspel men hört desto mer om äventyrliga grenar och vilda ritter på rännarbanan. Så människor kom även utsocknes ifrån, ända från Stockholm och Västerås, för att förhoppningsvis få se en skymt av de lockande och färgsprakande spelen.

På borggården var det full ruljans, tjänstefolk sprang fram och tillbaka, hundar skällde och en höna, som rymt från hönsgården, yrade runt och kacklade som om den anade att den när som helst kunde hamna på middagsbordet.

En ryttare i vild galopp kom emot dem. William och Ulltott var nära att kollidera med honom. Rödnäsa svor en lång harang, han tänkte på pastejerna.

– Det såg ut som kungen, viskade Ulltott.

– Att han inte såg oss…

William vände sig om och tittade efter ryttaren men han var redan borta.

De fick snart annat att tänka på. Två stalldrängar skyndade fram för att ta hand om de uttröttade hästarna. Pim och Apelgrå frustade, de visste att korn och hö väntade i stallet. Rödnäsa dirigerade tjänarna.

– Leta reda på kocken och meddela att vi har färskmat från Stockholm, om den inte skumpat sönder, kommenderade han.

– Be en bön att det åtminstone finns en smakbit till kungen, skojade en av tjänarna.

– Vem var det som red härifrån? frågade Ulltott.

– Han som red som om fan var efter honom, menar du?

Ulltott nickade.

– Det var Gripen.

– Gripen…, upprepade Ulltott, du menar Bengt Jonsson Grip?

– Javisst, sa drängen. Sur som en tunna med ättika.

– Av någon särskild anledning? frågade William.

– Tjaa, sa drängen och drog på det, han har kommit för den där Rosenborgen. Men han tycker kanske inte att kungen lyssnar tillräckligt mycket på honom…

Ulltott och William utbytte blickar.

– Var är Magnus? sa William.

– I stora kungasalen med fru Birgitta.

Tjänaren sänkte rösten.

– De har grälat igen. Bäst att vara försiktig.

Det hade börjat skymma. Himlen var djupt blå och månen lyste över palatset. Natten skulle bli klar. Tvillingbröderna var spända inför att komma in och träffa sin herre och kung.

Vid den bastanta porten hängde några tiggare. Där stod en stor och kraftig karl med armarna i kors och en kvinna klädd i en mycket lustig kappa. Den var lagad med både lappar och broderier, sydda kors och tvärs, och kragen pryddes av fjädrar.

– Ge er av! röt Rödnäsa. Här har ni inget att skaffa.

– Tvi på dig, fräste kvinnan med den underliga kappan. Hon spottade på marken.

– Anna Svandunet! utbrast väpnaren. Var kommer du ifrån?

– Från Rosenborgen, sa Anna och såg med ens skrämd ut. Hörde talas om kalaset och det vill man inte vara utan ...

Tvillingbröderna ryckte till. Rosenborgen. Hade den blivit ett tillhåll för löst folk?

– Du har ingen rätt att vara på Rosenborgen, sa William trotsigt.

– Det vet jag väl, viktige lille herrn, fräste hon, och jag vill inte vara där heller. Stället är hemsökt ...

– Hemsökt, upprepade Ulltott som om han inte förstod vad det betydde.

Anna knep ihop munnen. Rödnäsa harklade sig.

– Tänkte söka ett dagjobb, avbröt den kraftige mannen. Man börjar steka oxar i morgon bitti. Det lär behövas spettvändare.

Mannen, som kallades för Olof Stenbumling, spottade i sina breda nävar. Bröderna hade aldrig sett så enorma händer på en karl.

– Hör med fogden om ni kan stanna över natten. Men i morgon lagar ni er härifrån, sa Rödnäsa.

– Man tackar, man tackar, sa Olof. Fast Anna har ju sina fjädrar att sova på ...

Han flinade.

– Tack Rödnäsa, sa Anna, men fru Birgitta har redan lovat att vi får stanna.

– Kan tänka mig att hon håller sin hand över er.

Rödnäsa fnyste.

– Kom småsvenner! Kungen väntar.

Han föste tvillingbröderna framför sig uppför trappan. En vakt öppnade porten.

– Vänta! hojtade Anna Svandunet.

Hennes blick var tvetydig.

– Vad är det nu om? sa Rödnäsa.

Anna svalde.

– Jag såg en döing utan huvud därute vid borgen. Hör ni det! En döing utan huvud!

KAPITEL 6

EN OLUSTIG MIDDAG

– Var håller alla människor hus?

Tvillingbröderna stramade upp sig. Det var kung Magnus omisskännliga stämma.

Nu dök han upp i förstugan, klädd i pälsbrämad mantel. Efter honom kom Birgitta Birgersdotter och en pojke i elegant mörkblå kjortel och så snäva hosor att de satt som korvskinn på hans taniga ben.

William och Ulltott gick fram och hälsade.

– Äntligen är ni här, utbrast kungen och luggade William och Ulltott i tur och ordning. Nu håller ni er till mig som knähundar. Är det uppfattat? Inga utflykter på egen hand.

Tvillingbröderna nickade. Den blåklädde pojken såg butter ut.

– Låt mig presentera Sven, min nye page, fortsatte Magnus, systerson till Bengt Jonsson Grip. Jag var tvungen att ha någon som kunde passa upp mig medan ni var på Enhörningsholm. Nu får ni samsas alla tre om sysslorna.

Sven, som var lite längre än bröderna, tittade överlägset på dem. William och Ulltott visste inte vad de skulle säga. Birgitta kunde förstås inte hålla mun.

– Det är klart att du inte nöjer dig förrän du har en hel stab av pager svansande runt dig, sa hon. Kan det inte räcka med William och Henrik?

Kungen bet sig i läppen.

– Kanske har jag andra planer för dem, sa han. Nu ska vi äta middag. Var är mitt folk?

– Det kan jag tala om för dig.

Birgitta log illmarigt.

– De spelar tärning, dricker öl och vänslas med pigorna. Du borde hålla bättre ordning i ditt hus!

Magnus Eriksson slog bort kritiken.

– De måste få roa sig någon gång.

Han röt ut en order till en tjänare som hade oturen att dyka upp.

– Vi måste rida ditut, viskade Ulltott till William, stället är ju vårt.

– Jag vet, sa William. Jag kan knappt bärga mig. Om vi ändå slapp undan middagen. Fast kungen slår ihjäl oss om vi avviker igen.

Man bänkade sig i stora salen. På väggarna hängde mattor och bonader och två präktiga eldstäder lyste upp och värmde det väl tilltagna rummet. Lekare fanns på plats med mungiga, trumma och fiddla. Gamle Grodläpp syntes inte till, gycklaren som kungen tagit i sin tjänst. Ulltott frågade var han höll hus.

– Grodläpp har tandvärk, svarade Birgitta. Ligger i sjukstugan med grötomslag.

Många rätter bars in. Det doftade angenämt av aniskryddat bröd och peppriga såser. Drottningen hade lättat på sina kryddpåsar som hon ägde mängder av. Det vattnades i munnen på William och Ulltott. De hade inte ätit ordentligt på flera dagar. Men nu var de tvungna att tillsammans med Sven passa upp Magnus och Blanka, Birgitta och Bengt Jonsson Grip, som kommit tillbaka efter den hetsiga ridturen.

Kungen verkade nervös. Gripen satt och drog i sina fingrar, där ringarna glänste i skenet från brasorna, och uppmanade bröderna att servera än det ena, än det andra. Tvillingbröderna visste att de inte kunde börja en konversation med kungen. De måste vänta och låta honom ge dem ordet.

Båda ryckte till när Gripen plötsligt slungade ut:

– Jag har fordringar på Rosenborgen.

Han tittade menande på bröderna.

– Men de har väl inga medel att betala med ...?

Det var ingen bra start. Magnus Eriksson skruvade på sig.

– Som jag ser det har William och Henrik rätt att ärva gården och den mark som hör till men det vore bra med ett brev, ett dokument ...

– Och finns det ett sådant? klippte Gripen av.

Då lade sig Birgitta i samtalet.

– Hur många gårdar äger du, Bengt Jonsson Grip?

– Med Rosenborgen skulle det bli fyrahundrasju, tror jag ...

Hans läppar kröktes i ett outgrundligt leende.

– Aha, sa Birgitta syrligt. Den fyrahundrasjunde ... För vanliga människor gäller det att hålla reda på sju dödssynder men för dig handlar det troligtvis om fyrahundrasju.

Birgitta fullkomligt avskydde människor som samlade rikedom på hög.

Men Gripen kontrade.

– Jaså, det har kommit nyheter från himlen på sista tiden?

Om mina synder?

Tvillingbröderna höll andan, även Magnus och drottning Blanka. Alla kände till Birgittas fruktansvärda temperament, hon kunde till och med bli argare än kungen.

– Nyheter från helvetet, menar du, sa Birgitta iskallt. De är redo att ta emot dig närhelst du kommer. Fan själv står och väntar med tängerna. Han lär börja med att knipsa av dina klåfingriga fingrar.

Bengt Jonsson Grip var inte beredd på det svaret. Han grymtade något ohörbart och fortsatte att äta.

– Häll upp mer vin så blir han på bättre humör, viskade kungen till William.

Både han och Ulltott förstod att samtalet om Rosenborgen måste vänta tills alla lugnat ner sig. Men just som William skulle fylla på glaset satte Sven krokben för honom. William ramlade med kannan och spillde ut vinet över Bengt Jonsson Grip.

Väpnaren for upp med ett vrål.

– Vad är det för drummelputtar Ers Majestät omger sig med? fräste han.

– Vissa straffar Gud meddetsamma, mumlade Birgitta.

– Du får ursäkta, sa Magnus och försökte för en gångs skull gjuta olja på vågorna. De har varit i Novgorod och jagat banditer och glömt bort hur man uppför sig vid hovet. Från och med i kväll är de satta på hårdträning.

William gav kungen ett tacksamt ögonkast.

– Ut i köket och fyll på vin, William!

Tvillingbrodern gjorde som kungen sa och lommade iväg.

Ulltott blängde på Sven.

– Jag såg dig nog. Varför gjorde du så där?

– Kan inte rå för var han sätter sina klumpfötter, sa Sven.

Sköt dig själv, förresten.

– Akta dig, ditt silltryne, sa Ulltott, röd i ansiktet av indignation.

– Pisslödder, väste Sven. Ni två har ingenting att komma med.

– Håll tyst! väste Ulltott tillbaka. Du åker på stryk...

– Stryk av dig? En loppa skulle slå hårdare.

Sven fnyste.

Nu var William tillbaka med vinet. Ulltott gav honom ett menande ögonkast.

– Bry dig inte om mallgrodan, viskade han.

– Han gjorde det med flit, sa William upprört.

– Tids nog ska vi se till att hans luft pyser ut. Nu gäller det att göra Magnus nöjd.

Kungen såg ut att vara tillfreds men inte Bengt Jonsson Grip. Tydligen ville han kontrollera Williams färdigheter. Nonchalant satt han och lekte med sin bordskniv.

– Hur skär man upp en höna? frågade han.

Men William var beredd.

– Man tar ur benen.

– Haren...?

– Den snittar man.

– Och gäddan där...

Gripen pekade med kniven på en kokad gädda som låg på ett träfat.

– Man snittar den över ryggen, sa William. Vill ni...

Längre hann han inte. Väpnaren tappade kniven. Om inte Ultott, som stått och iakttagit dem båda, knuffat till sin bror, hade kniven genomborrat Williams fot.

– Oj då, vilken drulle jag är, sa Bengt Jonsson Grip.

Han log föraktfullt.

Sven var på plats och plockade upp kniven.

– Vidare, sa William och svalde, lossar man benen från anden, skär låren av duvan och viker ut tranan … Är det något mer ni vill veta?

– Inte för tillfället, sa Bengt Jonsson Grip och vände sig mot Sven.

Lekarna spelade och sjöng. Kungen konverserade damerna.

– Han lät kniven falla med avsikt, viskade Ulltott.

William nickade. Han mådde illa av obehag.

Snart ursäktade sig Bengt Jonsson Grip, han hade några viktiga ärenden att sköta om. Det brukliga var att kungen lämnade bordet först, därefter hans gäster. Men Gripen gjorde vad som föll honom in.

Ulltott stötte till William. Nu hade de ett tillfälle att prata om Rosenborgen. Men då började Magnus skrävla om sitt gravkor i den klosterkyrka som Birgitta önskade bygga i Vadstena. Han var mitt uppe i en beskrivning av hur hans och Blankas gravkor skulle se ut, monumentet där de en gång tänkte låta sig begravas.

– Mitt kära herrskap, sa kungen och klappade i händerna. Låt oss gå och titta på platsen där jag ska låta bygga kyrkan …

– Käre Magnus, avbröt Birgitta, där *jag* ska låta bygga kyrkan.

Hon blängde på honom.

– Med *mina* pengar, sa Magnus Eriksson älskvärt.

Tvillingbröderna såg på varandra och suckade.

Kungen hade bestämt sig, de skulle ut i vårnatten och inspektera byggplanerna.

– Svep om er gråverken och hermelinkapporna! Det är en order.

KAPITEL 7

OSALIGA ANDAR

William och Ulltott drog in lukten av blöt jord och regnvatten. De var helt nära sjön nu, och kunde känna vågorna som rullade in mot land. Kyrkan skulle resa sig som ett urberg vid Vätterns strand, hade Birgitta predikat. Den skulle vara fri från utsmyckningar och bjäfs. Och den skulle minsann inte ha ett stort och pråligt gravkor. Kruxet var att Birgitta först måste resa till Rom för att få påvens tillstånd att bygga både kyrka och kloster. Det visste Magnus. Han kunde reta henne ännu en tid.

– Här ska Blanka och jag ligga och titta mot öster, sa kungen segervisst.

Tvillingbröderna kunde inte låta bli att tänka på hur kungen och drottningen skulle se ut som benrangel inne i sin grav.

– Det kan du inbilla dig, sa Birgitta hätskt. Jag ska tala om för påven vad du verkligen går för. Du är en orm, Magnus. Om ditt gravkor ska byggas kommer det att bli i helvetet, hör du det? I helvetet!

– Du tycks känna till helvetet väl, väste Magnus. Det kanske är djävulen som du talar med och inte Gud.

– Du får tro vad du vill, sa Birgitta.

– Just det, din envetna spåkärring, fortsatte kungen. Tala inte om för mig vad jag ska göra eller inte göra. Jag har fått nog! Gravkoret ska ligga *här* och ingen annanstans ...

– De är inte riktigt kloka, viskade Ulltott. Vi rider till Rosenborgen.

Han drog iväg med William ett stycke.

– Jag står inte ut med grälandet.

– Vi borde föra borgen på tal, viskade William tillbaka.

– Det är inte lönt nu, de kommer att hålla på i evighet ...

– Men vet vi vägen?

– Rödnäsa har förklarat för mig. En genväg, jag har den här inne.

Ulltott pekade på sin panna. William visste att brodern var duktig på att hitta i landskapet, även på de mest omöjliga stigar.

– Det är bara en dryg timmes ritt, fortsatte Ulltott. Och vi har månljus.

– Spökena ..., sa William och drog på det.

– Ähh ...

Ulltott slog ifrån sig. Han föste William ännu lite längre bort från kungen och hans sällskap.

– När jag bodde i grottan med rövarna pratade Grodläpp om skogsfrun och vättarna. Men jag såg henne aldrig, jag lovar.

William bestämde sig.

– Vi rider, sa han.

De smög mot stallet för att sadla Pim och Apelgrå. Magnus och Birgittas ilskna stämmor ekade i den sena natten.

Månljuset lyste upp vägen som ledde William och Ulltott norrut, utmed Vättern. Struthättorna, som de dragit över huvudet, värmde skönt i den kyliga vårluften.

Vattnet glittrade. Då och då hördes ljudet av en fågel.

Rödnäsa hade berättat, att strax efter att man passerat ett stenröse, skulle man komma till ett dött träd där blixten slagit ner. Just där fanns en stig mot öster. Så här års var den dåligt upptrampad.

De manade på hästarna, ivriga och spända. Snart upptäckte Ulltott stenröset och trädet som sträckte sina nakna grenar mot himlen.

– Här är det, sa han och höll in Apelgrå. Ta det försiktigt!

Stigen, nästan dold av fjolårets gräs, slingrade sig in i snårskogen. Tyst red de mellan busksnår och stenar. En gren knäcktes under hästarnas hovar, en uggla hoade. Det knäppte och prasslade.

De borde vara där nu. Vid Rosenborgen.

– Jag hoppas att Rödnäsas genväg inte är en senväg, sa William.

– Åhh, sa Ulltott, vi hittar …

– Tror du att kungen märker att vi har avvikit?

– Kanske, kanske inte, sa Ulltott. Han tror nog att vi har gått och lagt oss.

– Dessutom har han Sven, sa William som ändå hade dåligt samvete för att de smitit ifrån sin herre.

– Vi är tillbaka innan Magnus ens har hunnit ropa efter sina stövlar.

Ulltott log.

Tvillingbröderna visste inte vad de egentligen skulle få se när de kom fram till Rosenborgen. Namnet lät så vackert; blommande rosor som klängde över murverk och spaljéer. Men det var vår och rosorna hade knappt fått knoppar. Och de visste att ingen bodde där, borgen stod öde.

De var törstiga men ingen av dem hade fått med sig något vatten. William red på helspänn, Ulltott tog det lugnare. Skogen var hans naturliga hemvist. Efter ytterligare några vändor på stigen satte Apelgrå oväntat hovarna i en bäckfåra.

Snabbt satt de av hästarna och gick en bit längs med den porlande bäcken. Just som Ulltott skulle böja sig ner för att dricka såg han att skogen öppnade sig framför honom och blottade ett slitet pålverk.

– Rosenborgen, det måste vara här…

Även William stannade upp och stirrade på pålverket. Det var nästan magiskt. De glömde att dricka och var uppe på hästarna i ett huj. Ett gott stycke fick de rida utmed de förfallna pålarna innan de kom fram till själva huvudvägen till borgen.

De hade inte sagt något till varandra på en lång stund. Det behövdes inte. Ofta befann de sig i samma tankegångar, ja de kunde till och med läsa varandras tankar. Pim och Apelgrå lunkade på och bar sina ryttare in genom det murkna porthuset.

Där framför dem låg Rosenborgen, en förfallen och illa åtgången borg, uppförd av trä på stengrund. Stenarna skiftade i gråblått och grönt i det tidiga gryningsljuset. Bröderna såg mindre uthus med grästak och en byggnad som förmodligen varit ett stall.

Deras puls dunkade i kapp när de red fram mot huvudbyggnadens port. På gårdsplanen växte ett vårdträd, en lind. En vit katt satt på ett av trappstegen. Det såg hemtrevligt ut men verkade lite underligt eftersom huset var obebott. När katten såg pojkarna närma sig sprang den snabbt iväg.

William och Ulltott tänkte samma tanke. Skulle de försöka att komma in i huset?

De steg av hästarna, lite dröjande som om de befann sig i en dröm.

– Nu får ni hålla er lugna.

William smekte Pim över mulen och hästen svarade med att buffa honom i magen.

Apelgrå gav upp ett litet gnägg och spetsade öronen som om han förnam närvaron av något främmande.

– Det är nog katten, sa Ulltott dröjande.

Riddjuren borde få komma inomhus för att sadlas av och utfodras men gräset vid trappan hade redan börjat spira. De skulle nog nöja sig med att stå där ett slag.

Ulltott vred om regeln på den en gång bastanta porten. Med ett knirrande ljud gled porten upp och pojkarna gick in i huset. Det luktade damm och fågelträck därinne. De famlade sig fram i halvdunklet. Nedre botten verkade bestå av förråd, de kunde skymta trasiga tunnor och gamla säckar. En halvtrappa ledde upp till andra våningen.

Med bultande hjärtan gick de uppför trappan. Då blev de varse ljudet. Ett svagt klingande som om någon slagit ett svärd mot en sten. De såg på varandra och svalde.

Hade Anna Svandunet talat sanning? Fanns det ett spöke? Var det döingen utan huvud de hörde?

Ulltott kom först till sans.

– Jag vill se den osaliga anden innan jag tror på den.

De befann sig i en sal med tillbommade fönsterluckor. Ulltott fortsatte in i ett mindre rum och William följde honom.

De kunde urskilja en väggfast säng och bredvid den, på det smutsiga golvet, en vagga.

En vagga?

Plötsligt gick det upp för bröderna att de måste stå i just det rum där de kommit till världen. Och där deras mor dött. De undrade hur hon hade sett ut, om hennes händer varit mjuka, om håret varit mörkt som deras.

William rörde vid vaggans lena trä. Där hade de legat, han och Ulltott, bara några månader tillsammans. Sedan hade de skilts åt.

Återigen hördes det klingande ljudet och Ulltott ryckte till. Han smög fram till en fönsterglugg och bände försiktigt upp den ena luckan. Morgonljuset silade in i ett mjölkaktigt skimmer.

– Ser du något? viskade William.

Ulltott backade från gluggen och munnen gapade.

– Det... det hänger någon därute...

William bävade för vad han skulle få se. Han ansträngde ögonen. Där ute i ett träd syntes konturerna av en huvudlös kropp.

De stod stilla och sa ingenting på en lång stund. Ulltott, som bott i skogen som liten, var den av bröderna som snabbast uppfattade ljud, ett svagt vinddrag, en häst som gnäggade på avstånd eller en fågels varningsrop.

– Vi går ner, sa han tyst och tryckte Williams hand. Det är något som inte stämmer.

De tog sig nerför trappan igen, till förrådsutrymmena. Dammet stack i näsan. Just som de tänkte gå ut till hästarna hörde de stegen.

En man rusade in med en spade i högsta hugg. Bröderna

trodde först att det var ett spöke som kom emot dem. Men sedan kände de igen vem det var. Det var Bengt Jonsson Grip.

Det fanns ingen tid till reträtt. Gripen sa inte ett ljud och hans käkar var hårt spända. Spaden ven i luften och träffade Ulltott i huvudet. Handlöst föll han till golvet.

– Inbrottstjuvar, väste Gripen.

William stod som paralyserad.

– Spring… rädda dig, viskade Ulltott.

Spaden låg på golvet. Gripen blockerade dörren.

William snodde runt och backade mot väggen. Var skulle han bli av? I sista stund upptäckte han en glugg utan luckor, kanske de blåst av. Enda chansen att undkomma var att klämma sig ut genom öppningen.

Han kom nästan igenom. Då kände han till sin fasa hur Gripen nappade efter kjorteln för att dra honom tillbaka. Han sparkade till med foten det hårdaste han kunde.

KAPITEL 8

TVILLINGBRODER ENSAM

William dunsade ner i blött gräs. Han insåg att Bengt Jonsson Grip inte hade kunnat pressa sig ut genom fönstergluggen. Men snart skulle han komma runt huset.

William såg sig desperat omkring. Hjärtat dunkade, han kände blodsmak i munnen och tänkte på Ulltott. Höll hans bror på att förblöda därinne? Då såg William mannen som dinglade i trädet. Det var en fågelskrämma med hängande huvud tillverkad av halm. Frågorna surrade i hans huvud, han måste tvinga sig att tänka klart.

Gripen var slug, väpnaren skulle nog inte komma från det håll som man kunde förvänta sig. William väntade i ytterligare en sekund, sedan bestämde han sig och rusade mot den gavel som låg närmast. Där kröp han ner på marken och kikade runt hörnet. Ingen där.

William fortsatte till framsidan. Pim och Apelgrå gnäggade oroligt när han dök upp. Han lossade knuten på Pims tyglar och kastade sig upp i sadeln.

Jag måste hämta hjälp, tänkte han. Jag kan inte slåss mot Gripen ensam. Han sporrade hästen och galopperade ut från Rosengården.

Ingen kom efter, det var tyst så när som på några kråkor som kraxade från trädtopparna. Solen hade gått upp, det skulle bli en klar dag. William följde den väg som Bengt Jonsson Grip måste ha tagit. Han ville inte rida ensam in på skogsstigen. Chansen var större att han på den här vägen skulle träffa på någon som kunde bistå honom.

Samvetet och oron gnagde i kroppen. William ville helst av allt vända tillbaka till Ulltott. Tänk om det värsta hade hänt? Tänk om Ulltott var död? Hur skulle han göra? Gripen måste snart återvända till Vadstena, väpnaren skulle delta i tornerspelen. Det slog honom att han och Ulltott inte hade sett till någon häst, Gripen måste ha ställt den i stallet.

William fick ett infall. I all hast satt han av och ledde Pim ett stycke in i skogen. I en liten sänka, bakom en gran, kunde han hålla sig gömd och samtidigt spana mot vägen. Det var bara att hoppas att Gripen skulle passera snart.

Fastän det kändes som en evighet dröjde det inte många minuter förrän William hörde dunkandet av hovar. Han var rädd för att Gripen skulle ha Apelgrå på släp men det hade han inte. Väpnaren kom ensam. William väntade en bra stund innan han vågade sig ut på vägen igen.

Just som han tryckte hälarna i sidorna på Pim för att rida tillbaka till Rosenborgen dök Gripen upp ur skogen lite längre bort. Nu dundrade han fram mot William som inte kunde göra annat än att mana på sin häst. Väpnaren måste ha gjort samma sak som han själv – gömt sig i skogen och väntat ut honom. Han måste ha förstått att William aldrig skulle övergett sin bror.

Han kunde bara försöka komma undan. Framåtlutad över Pim drev han hästen det hårdaste han kunde. Men Gripen var honom övermäktig. Hingsten som väpnaren red var stor och kraftig. Den frustade överlägset när Gripen galopperade upp längs Williams sida och tvingade honom mot diket. Pim snubblade och William ramlade av.

Väpnaren lutade sig över honom.

Han dödar mig, for det genom Williams huvud när han kände de ringbeprydda fingrarna klämma runt halsen.

– Vad gjorde ni på Rosenborgen? väste Gripen.

– Ingenting..., viskade William. Rosenborgen är vår.

– Inte än... din inkräktare. Jag är förvaltaren och ni har brutit er in.

Han klämde hårdare. William flämtade för att få luft.

– Vad vet du om borgen? fortsatte Bengt Jonsson Grip.

– Att det spökar där, pressade William fram.

Väpnaren betraktade honom med liknöjd blick.

– Om du någonsin vill se din bror igen kommer du med mig, fortsatte han. Ni lär ligga illa till hos kungen. Är det förstått?

William ryckte till av smärta.

– Är det förstått sa jag?

Pagen nickade. Tårarna som han kände bakom ögonlocken tryckte han tillbaka.

Under frukosten i palatset kom kocken inrusande och förklarade med upprörd stämma att Sketna Gertruds inälvsmat hade försvunnit, allt utom syltan.

– Jag svär vid allt som är heligt att läckerheterna från Stockholm låstes in i matkällaren i går kväll.

Magnus Eriksson blängde på kocken.

– Då har vi en tjuv i huset, om det inte är du själv som har satt i dig mina delikatesser.

Kocken slog ut med armarna och svor att han var oskyldig.

– Du har tillräckligt att äta, sa Birgitta uppfordrande.

– En tjuv i huset, upprepade Magnus surt.

Sven torkade sig diskret om munnen. Han svassade runt kungen, fyllde på bägaren med frukostöl, bjöd på korv och höll fram servetten.

– Förresten, var är mina pager? frågade kungen. Var är William och Henrik?

– Det kan jag tala om, flikade Sven in. De smet iväg i går kväll...

– Smet iväg, upprepade Magnus, smet de iväg till Novgorod, ha, ha...? Vi skulle ju tala om Rosenborgen.

Sven spetsade öronen.

– De kanske är och metar, retades Birgitta.

– Bengt Jonsson Grip har inte heller dykt upp, sa Rödnäsa.

Han kände sig lite orolig för tvillingbröderna.

– Jag har märkt det, sa kungen. Vill han ha ersättning för borgen får han hålla sig framme. Kanske jag ska utlysa den som pris i tornerspelen...?

Magnus Eriksson kände sig som en åsna mellan två hötappar. Å ena sidan ville han tillgodose Bengt Jonsson Grips krav, å andra sidan ville han inte neka tvillingbröderna deras arv. Men vem skulle betala Gripen? Bröderna hade inga medel, själv led han av ständig penningbrist.

– Jag undrar om de fångar gammelgäddan eller bara små mörtar, sa Sven som fortsatt att pladdra med Birgitta.

– Vad de än fångar lovar jag att täppa till munnen på dig, sa

kungen och daskade till Sven. Det första en page måste lära sig är att vänta på tilltal.

Magnus visste att det inte var bra för hans ställning att hans småsvenner gjorde som de ville. Men han fick inte tillfälle att fundera vidare över saken. Utifrån förstugan hördes buller och skrattande mansröster. Fler gäster var i antågande.

In i salen klev två elegant klädda riddare. En av dem var herr Karl Ulfsson, Birgittas älsklingsson.

– Ers Majestät, vi trodde att vi hade kommit för sent till turerna på rännarbanan, skrattade Karl. Och så sitter ni här och smörjer kråset.

– Magen måste vara full när man bryter lansar, replikerade Magnus, som var måttligt förtjust i Karl.

Karl gick fram och gjorde de sedvanliga artighetsbetygelserna. Han var klädd i snäva hosor och pälsbrämad mantel. De många bältena runt hans höfter klirrade, där fanns silverbälte, bjällerbälte och riddarkedja. Dessutom bar han ett vackert arbetat svärd.

– Min allra käraste mor, hälsade han Birgitta med överdriven artighet.

Karl Ulfsson var sin mors raka motsats, han älskade att visa upp sin rikedom.

– Sven! beordrade kungen. Leta rätt på William och Henrik! Om de inte är döende ska de genast komma med dig till rännarbanan.

KAPITEL 9

SIGRID ORMDÖVERSKAN

Ulltott befann sig i ett kompakt mörker. Han trodde först att han var död. Huvudet värkte, munnen kändes torr som fnöske. Han var fruktansvärt törstig. Golvet under honom var fuktigt och rått och lukten av torkad kål och muslort trängde in i näsborrarna. Han tyckte sig höra en viskande röst, som en väsning, strax ovanför sitt huvud.

Nej, han var inte död, han var inlåst, kanske i en jordkällare. Vem hade låst in honom? Förmodligen Bengt Jonsson Grip. Varför var omöjligt att säga. Kanske för att lära honom en läxa eller för att röja honom ur vägen. Ulltott stelnade till. Vad hade i så fall hänt med William? Hade han lyckats sätta sig i säkerhet? Eller hade han blivit ihjälslagen? Och allt detta för att de hade varit så nyfikna.

Ulltott tänkte på att han och William aldrig varit åtskilda, inte sedan den dagen de förstod vem den andre var, tvillingbrodern. De sov tillsammans, åt och red tillsammans. När en av dem började en mening avslutade den andre. Oftast räckte det med en blick för att den andre skulle förstå. Men nu låg Ulltott här, i en bortglömd jordkällare. Han kände sig kall, ända in i märgen. Var fanns William ...?

När han med stor möda vänt sig om upptäckte han ljusstrimman som silade in genom springan mellan dörrposten och marken. Ulltott tvingade sig upp på knä och tryckte sig mot dörren fast huvudet bultade av smärta.

Dörren gav inte vika. Då började han banka på de grovt tillyxade plankorna. Han ville skrika men orkade inte. Utmattad sjönk han ner på golvet igen och spydde. Länge låg han stilla utan att kunna röra sig. Tankarna virvlade runt i huvudet. Vad var det som Bengt Jonsson Grip ville på Rosenborgen?

Som genom ett trollslag öppnades dörren. Ulltott kisade upp mot en lång och mörkklädd gestalt. Först trodde han att det var hans döda mor.

– Har du ... har du kommit tillbaka? stammade han.

Kvinnan som stod framför honom skrattade hest. Hon var högväxt och silvergrå hårtestar stack ut under hennes huckle.

– Du känner inte mig, sa hon.

– Mitt huvud, sa Ulltott. Det värker ...

Kvinnan föll på knä och undersökte honom. Den vita katten kom fram och strök sig mot hennes ben.

– Du har en otäck bula i huvudet. Jag ska lägga ett omslag ...

– Har ... har du sett min bror, William, och min häst?

– Ligg still nu, sa kvinnan.

Hon halade fram några blad ur sin skinnpung och tryckte dem mot Ulltotts huvud.

– Är du en ängel…? sa Ulltott, fortfarande ostadig på rösten.

– Ha, ha, skrattade kvinnan, jag heter Sigrid och kallas Ormdöverskan. Jag brukar övernatta här.

– I huset?

– Nej, bakom kapellet där din mor ligger begravd.

– Va? sa Ulltott och försökte sätta sig upp.

– Ligg still! sa Sigrid. Jag ska lägga ett förband.

– Han stoppade oss, viskade Ulltott och sedan blev han återigen orolig för hästen. Har han… har Gripen tagit Apelgrå? Min häst…? Jag måste rida till Vadstena.

Sigrid Ormdöverskan sa ingenting. Hon virade tygremsor runt hans huvud. Ulltott hörde Apelgrå gnägga på håll och förstod att hästen var kvar.

Sigrid hjälpte honom att komma på benen.

– Tack! sa han. Hur kunde du veta…?

– Man vet ingenting…

Hon såg upp mot himlen där ett fågelsträck just flög förbi. Katten jamade.

– Men…, sa Ulltott förbryllat, har han gett sig av?

Ormdöverskan stod tyst en lång stund.

– De har gett sig av, svarade hon äntligen.

Ulltott ville få reda på mer.

– Vad gjorde Gripen här?

– Ha, ha, skrattade hon. Mycket vill ha mer, mer vill ha mest…

– Vad är det han tänker gräva ner?

Ulltott mindes spaden och det klingande ljudet.

– Gräva ner?

Sigrid såg förvånat på honom.

– Rosenborgen är vår, sa Ulltott. Vi är födda här, jag och min bror, och jag förstår inte vad Gripen vill. Borgen är förfallen …

– Se bortom det synliga.

Ormdöverskan smekte katten över ryggen. Den började spinna.

– Det här är Snönos, sa hon.

Ulltott blev irriterad. Kvinnan gav inte ett vettigt svar på en enda fråga. Men han sträckte fram handen mot katten som nyfiket snusade på den.

– Kände du vår mor? frågade han sedan.

Ormdöverskan såg Ulltott djupt i ögonen.

– Ja, jag kände er mor. Och jag vet vem ni är, jag var er jordemor …

– Va …?

Ulltott gapade. För ett ögonblick blev han intensivt medveten om kattens spinnande och solljuset som värmde hans ansikte. Sedan högg det till i huvudet och rädslan kom tillbaka.

– Vad är det som försiggår här? Jag måste få veta.

– Det ryktas om något värdefullt, sa Sigrid.

Ulltott stirrade på henne och påmindes om några ord som han och William läst helt nyligen. De fanns i hans bakhuvud men han kunde inte komma på vilka de var. Kanske för att han fortfarande kände sig omtöcknad. Han måste fråga sin bror. Will! Vart hade han tagit vägen?

– Vi måste rida till palatset! sa han och grep Sigrid Ormdöverskan i armen.

KAPITEL 10

PÅ RÄNNARBANAN

Kungaparets förnäma gäster och förmöget folk från gårdarna runt Vadstena hade bänkat sig på läktarna som byggts på båda sidor om rännarbanan. Till och med kung Magnus hade god lust att ge sig in i dusterna. Förra gången det begav sig var på hans egen kröningsfest i Stockholm, men då var det så varmt och kvavt att han var glad över att enbart få vara åskådare.

I hedersbåset satt drottning Blanka och Birgitta, som ogillade tornerspel, och drottningens hovdamer. De tisslade och tasslade om vem de skulle välja ut till sin favoritriddare. Drottningen höll i en broderad schal som hon tänkte skänka till en av dem för att visa att hon höll på honom.

– Jag skulle hålla på den unge William, fnissade en av hovdamerna. Om han bara finge tävla.

– En page kan inte tävla, sa Birgitta torrt.

– Det vet jag väl, sa hovdamen, men söt är han.

– Jag kan aldrig skilja dem åt, fnittrade en annan av damerna. De är lika som bär.

– Henrik är en aning kortare än sin bror, svarade drottningen. Och han kammar sig aldrig... Där är William! Och Bengt Jonsson Grip! De kommer sannerligen i elfte timmen...

– Han kammar sig tydligen inte heller, sa hovdamen.

Nej, William hade inte kammat sig. Han red bredvid väpnaren med struthättan hängande över axlarna, han var hungrig och trött och fullkomligt rådvill. Vad ville väpnaren? Gripen hade sagt att William måste komma med honom och assistera vid spelen annars skulle han aldrig få se sin tvillingbror igen. Lurades han och i så fall varför?

De hade ridit under tystnad hela vägen till palatset. William hade inte vågat säga någonting av rädsla för att väcka mannens vrede. Bengt Jonsson Grip hade en oroväckande utstrålning. William misstänkte att det var Gripen som hängde ut huvudlösa dockor på Rosenborgen för att skrämma tiggare och hemlösa. Hade han upptäckt något där som han ville vara ensam om?

Läktarna var prydda med banér och vapen i starka färger. Hästarnas schabrak lyste i kapp. Men William brydde sig inte om feststämningen och de glada tillropen. Hans tankar vandrade oavbrutet till brodern. Han hade övergett honom. Misslyckats med att hämta hjälp.

Kungen red dem till mötes. Efter honom kom Sven med viktig min.

– Jaså, det är dags att komma nu, hälsade Magnus avmätt.

– Min konung, sa Gripen, jag vill göra en anhållan.

William undrade vad det kunde röra sig om.

– Låt höra! sa kungen.

– Låna mig din page i dag, sa Bengt Jonsson Grip, så ska jag se till att han får en lektion i lydnad.

– Ta honom! sa kungen. Ta båda!

– Men, försökte William. Jag …

Han tystnade när han såg Magnus Erikssons blick.

– Jag har inget behov av odågor och rymlingar i min stab. Som smiter så fort jag vänder ryggen till.

– Men, försökte William igen, Ulltott och jag …

– Jag har ingen page vid namn Ulltott.

Magnus höll upp handen. Han avskydde när man kallade Henrik för Ulltott.

William blev alldeles kall. Han ville berätta för kungen att de blivit överfallna av Gripen.

Men de hade inte haft rätt att avvika och Rosengården var inte deras, inte ännu. Gripens ord skulle väga tyngre.

– Skynda på, spelen ska strax börja. Sven!

Kungen vände sig till sin nye page.

– Hur ser jag ut?

– Ers Majestät ser ståtlig ut, utomordentligt ståtlig.

Sven höll upp en liten spegel som han haft hängande i bältet.

William trodde knappt sina ögon. Red den där fjollen runt med en spegel för att vara kungen till lags?

– Har du oljat sadeln? fortsatte Magnus Eriksson.

– Allt är i sin ordning, Ers Majestät, sa Sven.

– Så ska det gå till, sa kungen och blängde på William. Så ska det gå till om man en dag vill bli väpnare …

Han vände hästen och red därifrån för att ta plats i hedersbåset.

– Odugling!

Sven fnyste mot William och red efter.

Kämparna gjorde sig klara, Bengt Jonsson Grip och Erik Abrahamsson, den fräcke stormannen, Rutger den Röde, proffstorneraren från kontinenten, och ytterligare några riddare. Naturligtvis skulle även Karl Ulfsson ställa upp, han missade aldrig ett tillfälle att visa konstfulla turer och vändningar på sin apelkastade hingst.

William hade inte en chans att smita därifrån. Pim hade tagits ifrån honom och letts in i stallet. Han var tvungen att assistera Gripen.

Bengt Jonsson Grip bar en grip som hjälmprydnad och färgerna gick i svart och silver. Det konstgjorda fabeldjuret verkade att när som helst kunna lyfta från hjälmen och svinga sig upp i luften. William rös. Både örn och lejon. Bengt Jonsson Grip kunde inte haft ett mer passande släktvapen.

Karl Ulfsson var den ståtligaste av dem alla. Han bar en grinande ulv som prydnad. Både på hästen och på honom själv hängde otaliga bjällror som glimmade och pinglade. Han såg nästan overklig ut.

Alla tävlande hade paraderat ute på banan och nu red de fram till hedersbåset för att motta damernas gåvor. Hästarna stampade och frustade, ivriga över att få komma ut på banan, och härolden gick fram och tillbaka och väntade på startsignal från kungen.

Magnus Eriksson tänkte studera hur hans riddare och väpnare skötte sig i de olika grenarna.

– Nu ska det äntligen bli av, sa han exalterat. Det var tretton år sen sist.

– En oturlig siffra, sa Birgitta.

Hon snörpte på munnen.

– Män skadas och dör till ingen nytta.

– Dör gör man till slut ändå, sa riddaren Erik Abrahamsson spydigt.

Han hade en gång kastat en spann med sopor över Birgitta när hon hälsade på i Stockholm.

Birgitta var på väg att säga något dräpande när Karl, älsklingssonen, kom till undsättning.

– Högt ärade moder, mässade han. Skänk mig ett bevis på att jag är din käre son och vinner idag...

Birgitta, som aldrig kunde säga nej till Karl, drog av sig ett förgyllt kors och överlämnade det till honom.

– Må bäste man vinna, sa hon och svalde förtreten. Gud beskydde dig!

William, som måste följa Bengt Jonsson Grip som en skugga, tänkte på drottning Blankas historier om blodiga tornerspel i Namur. Hur en riddare drömt om stordåd och mist sina dyrbara hästar, och hur en annan riddare stridit i sin dams klänning i stället för rustning och blivit svårt lemlästad. Om hur publiken skrek och vrålade och önskade att få se det ena bravurnumret efter det andra. Om bedövande oväsen, om lansar som bröts, sköldar som träffades och ryttare som störtade ur sadeln.

Pagen försökte skaka av sig känslan av fara och iakttog Bengt Jonsson Grip och de andra männen. Skulle någon av dem skadas eller dö denna eftermiddag? Han tänkte på sin bror och önskade att han snart måtte hitta ett tillfälle att rida tillbaka till Rosenborgen. Synen av Ulltott, orörlig på golvet, lämnade honom inte. Tänk om Ulltott var död?

Gripens hingst var orolig, den stegrade sig och för ett ögonblick såg det ut som om Gripen skulle falla av. William gick sakta fram till den vrenskande hingsten. Den var stor, den största på banan, en fux med ståtlig man och uppbunden svans, som om den skulle ut i strid.

Det var inte bara Ulltott som hade ett särskilt handlag med djur. Även William ägde den förmågan. Av brodern hade han lärt sig att alltid ha några brödbitar eller fläsksvålar i läderpungen. Snabbt fick han fram en brödbit samtidigt som han högg tag i betslet. Hingsten sänkte huvudet och nafsade i sig brödet. William strök den över mulen och viskade lugnande ord.

Då, utan förvarning, gjorde hästen ett kraftigt ryck framåt och William blev närapå trampad. Hade Gripen hetsat djuret med flit? Han tittade desperat mot läktaren och försökte fånga kungens blick.

Men Magnus tog ingen notis om honom.

– Det är dags att börja!

Kungen nickade mot härolden.

– Och du går inte ur min åsyn, väste Bengt Jonsson Grip.

Som en demon tornade han upp sig framför William.

KAPITEL 11

BRYTA LANSAR

Den första grenen var lansbrytning och ordningen var lottad. Först ut att rida var Karl Ulfsson och Erik Abrahamsson. De intog sina ställningar i var sin ände av banan. Åskådarna blev knäpptysta. På häroldens signal sporrade riddarna sina hästar och stormade mot varandra med fällda lansar. De siktade mot mitten på den andres sköld. Målet var att störta motståndaren ur sadeln eller att åtminstone bryta lansen som hade en trubbig ände med utböjda flikar av järn.

Med ett väldigt brak möttes riddarna, det gick ett sus genom publiken. Karl Ulfsson hade en stadig hand. Erik Abrahamssons lans splittrades i flera bitar men han höll sig kvar på hästen.

William kände hur spänningen steg. Nästa par ut var Bengt Jonsson Grip och Rutger den Röde. Gripen vann, efter två vändor lyckades han stöta så hårt att proffstorneraren slungades ur sadeln. Publiken jublade, Gripen var för tillfället den store favoriten. Efter att han slagit ut de övriga riddarna var han redo att möta Karl Ulfsson i en sista lansbrytning.

– Möt mig på andra sidan! beordrade Gripen och tryckte lansen mot Williams rygg så att han höll på att flyga på näsan.

Rådvill såg sig William omkring. Han bara väntade på ett tillfälle att fly från banan. Vem skulle kunna hjälpa honom? Nedanför läktarna sprang både väpnare och småsvenner fram och tillbaka för att assistera sina herrar. William trodde att han skulle hinna fram till andra änden innan kämparna satte fart men till sin förskräckelse hörde han ett dovt dunkande bakom sig och när han lyfte blicken såg han Karl Ulfsson, med lansen lagd tillrätta i armhålan, spränga fram mot Gripen.

Varför hade man inte väntat på honom? Han kunde förstås försöka krypa upp på läktaren men nu var det för sent. Gripen hade med berått mod sagt åt honom att ge sig ut på banan. Det kunde bara betyda en sak. Just som William kastade sig mot läktarens nedersta ramp kände han hur Gripens lans snuddade vid hans axel och ryckte med sig en bit av tyget.

Svetten rann nerför ryggen. Om han inte kastat sig ner hade han blivit genomborrad. Siktade Gripen snett med avsikt? Ville han skrämmas eller var han bara galen? Nu förlorade Gripen poäng och publiken buade.

På vacklande fötter tog sig William fram till vändplanen med lansen. Där väntade Bengt Jonsson Grip på sin ivriga hingst. William hade gärna velat se hans min bakom hjälmen.

– Hur dum får man bli? sa en väpnare till honom. Hörde du inte signalen?

William svarade inte. Han måste bort från banan, det var det enda han tänkte på.

Härolden gav signal, det var dags för en andra lansbrytning mellan Bengt Jonsson Grip och Karl Ulfsson. Hästarna rände iväg. William uppfattade det svaga klankandet från rustningarna. Grästovor sprätte upp efter hästarnas hovar.

Med ett väldigt brak möttes kämparna. Gripen fick in en fruktansvärd stöt mitt på Karl Ulfssons sköld. Hingsten stegrade sig, Karl ramlade av sadeln med ett brak. Nu måste de bestämma om de skulle mötas man mot man. Karl, som var en smula ömhudad, kände sig mörbultad efter att ha blivit avkastad. Men publiken skrek och hejade. De ville se mod och kämpatag, de ville se Karl Ulfsson i närstrid med Gripen.

Männen drog sina svärd och gjorde ömsom utfall, ömsom pareringar. Karl var yngre än Gripen och verkade ha mest krafter kvar trots att han brakat i marken. Han tvingade Bengt Jonsson Grip att retirera fastän denne gjorde både hetsiga och oväntade hugg. Svärdsklingorna blixtrade och ven. Bägge vrålade som om de tänkte döda varandra. William stirrade fascinerad på dem samtidigt som han funderade över hur han skulle få tag på sin häst. Han hade bara en tanke i huvudet, att ta sig därifrån.

Under några sekunder kände sig William alldeles borta, som om tid och rum upphört att existera. Han fick en stark förnimmelse av att Ulltott var i närheten men han såg bara den hejande publiken och härolden som skrek att Karl Ulfsson vunnit närstriden.

– Nästa gren, förkunnade härolden, blir att stöta av motståndarens hjälmprydnad. Stöta av hjälmprydnaden!

William ryckte till. Gripen kom gående mot honom, en väpnare ledde hans häst.

– Spring inte i vägen som en harpalt, väste Gripen. Du ska vara vid min sida!

Härolden ropade upp poängställningen och den innebar att

om inte Bengt Jonsson Grip vann sista grenen av dagens torne-ring skulle segern gå till Karl Ulfsson.

William hade inte en aning om vad han skulle ta sig till. Kungen vill inte veta av mig, hamrade det i hans huvud.

Just som riddarna skulle sätta igång dök Rödnäsa upp.

– Jag hörde att om Bengt Jonsson Grip vinner kampen får han behålla Rosenborgen som pris, viskade han i Williams öra.

William trodde honom knappt.

– Var... varför gör kungen så? stammade han fram.

– Intriger..., muttrade Rödnäsa. Han vill behålla vänskapen med Bengt Jonsson Grip.

I detsamma störtade riddarna fram mot varandra. Hjälm-prydnaderna svajade i vinden. Den segervissa gripen mot Karl Ulfssons grinande ulv.

– Jag måste stoppa dem, tänkte William. Han glömde allde-les bort att han nyss blivit träffad av Gripens lans.

KAPITEL 12

TRÄFFA DJÄVULENS HUVUD

Larmet och hejaropen var bedövande.

Några av tiggarna, Olof Stenbumling och Anna Svandunet med den underliga kappan, väsnades bakom en avspärrning. De fick inte sitta bland fint folk men ingen kunde hindra dem från att följa torneringen.

– Titta! sa Anna. Där är den viktige lille herrn. Vad gör han här?

– Han glor väl på spelen som alla andra, sa Olof.

Han lät butter. Anna buffade honom i sidan.

William fick en idé.

– Vill du göra mig en tjänst? sa han.

– Vad får jag för det? sa Olof.

Bjässen rapade honom rakt i ansiktet.

– Inte fick jag mycket för att vända spetten, fast jag var uppe i ottan.

– Du fick öl i alla fall, flinade Anna. Så mycket att du kunde bada i det.

– Ähh, håll truten! sa Olof.

På banan red Karl Ulfsson mot Gripen. Ännu hade ingen av dem fått in en träff på den andres hjälmprydnad.

– Du får pengarna jag har i min pung, sa William. Du kan få dem redan nu. Om du stoppar dem därute...

William kände att han kunde göra vad som helst för att stoppa tävlingen men om han hade kunnat räkna ut vad som skulle hända på banan hade han aldrig satt igång det hela.

Olof log stort.

– Jaså, du vill att jag ska spela narr...

Med förvånande snabbhet kastade Olof upp Anna över ryggen, forcerade avspärrningen och sprang rakt ut på rännarbanan.

– Träffa min prydnad om ni kan! hojtade han mot de framrusande riddarna.

Anna skrek av upphetsning.

William sprang efter. Det var ett lustigt ekipage, han kunde nästan inte hålla sig för skratt.

– Stanna! skrek han med spelad indignation. Tornerspel är ingenting för er.

Olof ilsknade till.

– Skulle jag inte duga med min prydnad? VA?

Han fortsatte framåt precis som William planerat. Anna skrattade hysteriskt.

Nu störtade härolden fram tillsammans med väpnarna. Karl Ulfsson och Gripen höll in hästarna. De skulle just ha mötts en andra gång. Väpnarna omringade tiggarparet alldeles nedanför hedersläktaren.

Olof var stor och stark, han sprang runt, runt med Anna.

– Vad är det här för spektakel, fräste kungen som ställt sig upp i båset.

Han stirrade på William.

– Jag kunde inte hejda dem, sa William urskuldande.

– De kom ju i sällskap med dig? Som loppor i en päls... Tror du att rännarbanan är en lekstuga, va?

Kungen slog ut med armarna i en överdriven gest. William svalde. Vad skulle hända nu?

Anna Svandunet kom med oväntad hjälp. Hon hade blivit nersatt på marken av den flåsande Olof.

– Vi vill också vara med! skrek hon. Varför är vi inte inbjudna?

– Jaså, ni vill tävla?

Kungen ändrade taktik.

– Vi har nya tävlande! meddelade han härolden. Utmanare till herr Karl Ulfsson och Bengt Jonsson Grip!

Magnus ryckte till sig en röd schal från en av hovdamerna och tog sig ner på banan.

Väpnarna drog sig tillbaka. Inför deras förvånade blickar draperade kungen schalen som en turban på Annas huvud. Sedan ryckte han loss en bunt fjädrar från hennes kappa och stack in i tyget.

– Här är din hjälmprydnad, Anna av Svandunet, sa han med rösten full av förakt. Olof ska vara din häst. Du och William ska tävla. *Träffa djävulens huvud* på quintanen! Det blir en lämplig övning för er.

Anna och Olof tittade på varandra med skräck i blicken. William kände sig vanmäktig.

KAPITEL 13

EN SKENBAR OLYCKA

Quintanen var en ställning med två armar av trä. På den ena armen satt en sköld monterad. Det gällde att träffa skölden med lansen och snabbt rida undan. Annars fick man den sandsäck, som satt fast i quintanens andra arm, i skallen. Den som fick flest träffar vann om man nu inte slogs medvetslös av säcken.

William rös. Skölden var målad med ett djävulsansikte i rött och svart. Djävulen räckte ut sin flammande tunga.

Jubel och skratt steg från läktarna. Folk började inse vad kungen var ute efter. Att håna och förlöjliga de mest utsatta stackarna var ett kärt nöje. Men det hörde till under en tornering, till och med en riddare som hade ridit dåligt kunde få bära narrkåpa, och likaså kunde pris ges till den som uppträtt löjligast.

Nu skedde allt mycket snabbt. Pim hämtades från stallet och quintanen placerades i mitten av banan. William fick en käpp som lans, liksom Anna, som klamrade sig fast på Olofs axlar. Hjälmar fick de vara utan, vilket var livsfarligt, men gav dem fördelen av att kunna se åt alla håll. Karl Ulfsson och Gripen kunde bara se rakt fram genom den smala springan på sina tornerhjälmar.

Ordningen lottades, först ut att rida var Karl Ulfsson. Williams hjärta slog hårdare och hårdare. Han hade lyckats med att avbryta tävlingen om Rosenborgen bara för att hamna i något ännu värre. Han tvingade sig att tänka. Vad var det kungen ville? William såg upp mot läktarna. Där var det en fantastisk stämning, folk skrek och skrattade om vartannat. Det var vad Magnus önskade, imponera på gästerna. Att Olof och Anna kutat ut på rännarbanan trodde man hörde till spelet, att det var bestämt och inövat. Då måste William ge kungen vad han ville ha, en riktigt god underhållning.

Han blev avbruten i sina tankar av en ordentlig smäll. Det var Karl Ulfsson som fick in en fullträff på quintanen och publiken klappade i händerna. Tydligen var Karl populärare än Gripen och det kunde William gott förstå. Nu var det hans egen tur. Som i trans skänklade han Pim och satte kurs mot djävulshuvudet. Hästen var inte tränad för att rida i tornerspel, dessutom var den för liten. Men Pim litade på sin ryttare och var seg och envis. William tänkte minsann visa Magnus vad han gick för. Han vrålade och siktade med käppen mot den flammande tungan.

Då märkte William att sadeln inte var fastspänd ordentligt. Han började glida. Käppen var tyngre än han trott, desperat försökte han klamra sig fast och samtidigt sikta mot quintanen. Om han inte var tillräckligt kvick skulle han få den hårt packade säcken i nacken.

Pim frustade. När William var på rätt avstånd gjorde han en förtvivlad ansträngning, stötte till och fick faktiskt in en träff. Han höll undan från säcken men föll i detsamma med ett väldigt brak i marken och fick Pims ena bakhov i huvudet. Läderpungen, som han haft i bältet, slets av. Allt snurrade runt, runt, vimplar och banér på läktarna, hästar och schabrak och Annas fjäderprydda huvudbonad.

Sedan blev det svart.

Ulltott höll andan. Han hade just kommit tillbaka till palatset med Sigrid och stod nu tillsammans med några tiggare, invirad i Sigrids svarta schal. Sina pagekläder hade han tagit av sig, utom underkjorteln, och en maläten luva dolde både bandaget kring huvudet och halva ansiktet. Han hade till och med kletat ner sig, inte för att tiggare alltid var smutsiga, utan för att han var livrädd att Gripen eller kungen skulle känna igen honom. Ulltott hade till sin fasa sett hur William fallit till marken och han hade sina aningar om hur det gått till.

En dräng hade släpat William till sidan och lagt en filt under hans huvud. Det hörde till att människor skadades under ett tornerspel. Oftast handlade det om folk i publiken som började slåss.

Ulltott ville inget hellre än att springa fram till sin bror men Sigrid höll honom tillbaka. De kunde se hur Olof Stenbumling stod och flämtade. Han hade just stolpat iväg mot quintanen med Anna utan att hon hade lyckats träffa. Anna flämtade som om hon ridit genom helvetet.

Då klättrade plötsligt Birgitta Birgersdotter ner från hedersbåset. Hon var liten och vig och kom snabbt ner på banan. Hon verkade ursinnig och ryckte åt sig Annas huvudbonad och började svänga runt med den.

– Den som vill pröva lyckan må komma ut på banan!

Publiken hade blivit knäpptyst.

Men kungen tänkte inte nöja sig, och inte Bengt Jonsson Grip heller.

– Lägg dig inte i riddarspelen, fräste Magnus Eriksson.

Men Birgitta gick inte att stoppa. Hennes röst var som ett åsknedslag. Folk hukade på bänkarna.

– Du och dina riddare, dundrade hon, är inte värda så mycket som en hög med lort. Ni hånar de svaga och oskyldiga. Ni borde tvätta deras fötter, ge dem mat och plåstra om deras sår …

Ulltott kunde inte hålla sig längre, han mådde illa av Birgittas svador. Han drog i Sigrid och med Ormdöverskan tätt efter sig rusade han fram till sin bror.

– Röj dig inte! viskade Ormdöverskan varnande.

Ulltott sjönk på knä bredvid den livlösa kroppen. Stelnat blod syntes i Williams hår och ansiktet var blekt.

– Vakna nu, Will!

Ulltott tog de kalla händerna i sina.

– Vakna, snälla …

Brodern rörde sig inte. Ulltott kände hur det bankade i hans eget sår. Blicken flimrade.

– Kämpa, kämpa, upprepade han, kämpa, snälla Will. Försvinn inte från mig …

Sigrid Ormdöverskan drog honom milt åt sidan.

– Låt mig undersöka honom, sa hon tyst. Dra inte till dig uppmärksamhet!

Det hade hon inte behövt säga. Kungen och Birgitta var inbegripna i ett praktgräl och publiken hade åter börjat skräna. Folk buade och hejade. Det ena okvädningsordet efter det andra haglade mellan Magnus och Birgitta men Ulltott brydde sig inte. Hela hans koncentration var riktad mot brodern och han såg hur Sigrids flinka fingrar pressade några blad mot Williams huvud.

– Vi måste få honom inomhus, sa hon.

– Lever han?

Ulltott darrade av rädsla.

Ormdöverskan nickade.

Två drängar, som tydligen hade tröttnat på vad som hände på banan, tillverkade en bår av några bräder.

– Vi kan ta honom till sjukstugan, mumlade en av dem.

Med klumpiga händer flyttade de över William till båren.

– Bär försiktigt!

Ormdöverskan var efter dem som en skyddande ängel. Just som Ulltott skulle gå hörde han kungen skratta, ett högt, överdrivet skratt. På läktarna hade publiken ställt sig upp.

– Gott folk! förkunnade härolden. I morgon, på slaget tolv, fortsätter tornerspelen och då ska ni få veta hur vadet utföll.

Ulltott undrade vad det var för ett vad. Han kunde se hur Bengt Jonsson Grip dunkade kungen i ryggen.

– Nu går vi och badar bastu!

Gripen log belåtet. Det var så man brukade göra efter ett tornerspel. Svettas i badet, dricka öl och spela tärning. Och naturligtvis skrävla om alla bravader på banan.

– Ska du inte se efter hur det är med din page?

Birgitta pekade på drängarna som bar bort William.

För en kort stund såg det ut som om kungen ville rusa fram till båren. Men han knyckte bara på nacken.

– Han tillhör Bengt Jonsson Grip nu, sa han och nickade mot väpnaren.

Ulltott rös och sprang efter Sigrid. Han såg inte Williams avslitna läderpung som låg kvar på banan bland hästskit och några av Annas tappade fjädrar.

KAPITEL 14

DÖD ELLER LEVANDE

– Milda Guds Moder! Är det inte min lille mask, Ulltott, utbrast Grodläpp när han fick se William bäras in i sjukstugan.

Lekaren låg på en av britsarna med grötomslag på kinden. Grodläpp var en av de män som en gång hade tagit hand om Ulltott och som efter många förvecklingar kommit i kunglig tjänst.

– Det är inte Ulltott, det är hans bror, svarade Ormdöverskan.

Ulltott, insvept i den svarta schalen, höll sig i bakgrunden. Han ville inte röja sig för sin gamle vän förrän drängarna lämnat dem.

– Är det verkligen William, sa Grodläpp, jag har glömt hur lika de är... aj, aj, min tand, den ruttnar bort...

– Snälla Grodläpp, kan du hålla mun, sa Ormdöverskan.

Hon föste undan drängarna och stängde tyst dörren efter dem.

– Om jag inte dör, gnällde lekaren, gör jag vad som helst... vad som helst.

– Börja då med att lova att du aldrig har sett mig här! sa Ulltott och drog av sig luvan och schalen.

– Där är du, din filur! nästan skrek Grodläpp. Vad är det som har hänt? Varför får jag aldrig veta någonting?

Hans blick vilade på William och han stammade.

– Är … är han … död?

– Inte än, svarade Sigrid.

Ormdöverskan hade bäddat ner William under en filt. Hon plockade med sina örter och bad om vatten.

– Vatten … vatten, stammade lekaren, det finns i pottan. Nej, nej, förlåt, i kruset där på bordet.

Ulltott hämtade kruset och räckte det till Sigrid.

– Kommer han att överleva?

Sigrid svarade inte, hon gjorde i ordning ett bandage av krossade groblad.

– Har du också slagit dig i huvudet, sa Grodläpp som nu alldeles glömt bort sin onda tand.

Han pekade på Ulltotts bandage.

– De har båda blivit slagna i huvudet, sa Sigrid. Det finns en illgärningsman bland herrskapet.

Grodläpps ögon blev runda som lock.

– Illgärningsman …?

– Lovar och svär du vid allt som är heligt att du inte har sett mig här? upprepade Ulltott.

– Jag har inte sett dig, jag vet inte ens var du är …

Lekaren avbröt sig. Det hördes röster utanför dörren. Han kände igen kungens stämma när han röt en order. Var han inte i bastun med riddarna?

Tvillingbrodern såg sig desperat omkring. Var skulle han gömma sig? Grodläpp höll upp sin filt. Ulltott bestämde sig

blixtsnabbt, dök ner under den och kröp ihop bredvid lekaren.
– Ligg bara still! viskade Grodläpp. Jag är kittlig.
I samma stund öppnades porten och in i sjukstugan klev kungen. Det gick nästan inte att känna igen honom. Han bar inte längre sina eleganta plagg utan hade på sig Olof Stenbumlings malätna kappa. På huvudet hade han en toppluva. Grodläpp kunde knappt hålla sig för skratt.
Ormdöverskan var färdig med Williams bandage. Hon hade tänt ett talgljus och satt med knäppta händer vid hans sida.
Kungen ställde sig vid britsen.
– Hur är det med honom?
Trots kärvheten i rösten lät han en smula ångerfull.
– Vår herre brukar hämta sina mest älskade tidigt, sägs det… fast jag ska göra vad jag kan.
Sigrid smekte William över kinden.
– De ska alltid ställa till det, sa kungen, han och hans bror, var han nu är, den lymmeln.
– Kan så vara, sa Ormdöverskan.
– Jag kan inte visa mig svag inför mina egna riddare och väpnare, fortsatte Magnus. Men oss emellan, jag är trött på skvaller och lismande. De här pojkarna…
Ulltott, som hade svårt för att andas under den grova filten, råkade komma åt Grodläpps mage. Lekaren fnissade till.
– Vad är det med dig?
Kungen blängde på sin lekare.
– Tycker du att det är roligt?
– Inte ett skvatt, sa Grodläpp, jag bet mig i läppen…
– Jag ska se till att du får några kryddnejlikor att bita på istället, sa Magnus. Det hjälper mot tandvärk. Du ska spela och sjunga ikväll!

– Ska jag …?

Grodläpp låtsades förvånad.

– Vad tror du att jag betalar dig för?

Kungen gick fram till lekaren.

– Du blir bara fet av att ligga här … Vad har du under filten?

Ulltotts hjärta slog ett dubbelslag. Han ville inte gärna röja sig, då skulle han inte kunna göra de efterforskningar han önskade. Och kungen lät fortfarande arg.

– Ingenting, stammade Grodläpp. Mina instrument, menar jag!

– Dina instrument?

– Jaa … de måste hållas varma …

– Vad är det för trams? Lyft på filten!

– Jag är döende, fortsatte lekaren desperat, jag är halvvägs till himmelriket …

Magnus Eriksson började dra i filten. Därunder försökte Ulltott göra sig så liten som möjligt.

– Nej! skrek Grodläpp. Rör inte mina instrument!

I samma stund öppnade William ögonen.

– Ers Majestät, utropade Ormdöverskan. Det har skett ett mirakel!

Kungen släppte filten.

– William! Hur är det med dig?

Magnus sjönk ner på knä bredvid britsen.

– Var är jag? viskade William.

– Du är vid hovet i Vadstena, sa kungen.

Ulltott fick tårar i ögonen av tacksamhet. Han kände hur Grodläpp klappade honom på ryggen.

– Är jag inte förvisad …?

– Vi får se …

Magnus skakade på huvudet.

– Nu måste du ligga still och låta botekvinnan ta hand om dig.

William suckade djupt och slöt ögonen.

– Hur är det med honom?

– Han sover, sa Ormdöverskan, det är det bästa botemedlet. Huvudet har blivit omskakat.

– Gott, då går jag tillbaka till mina tiggarbröder, sa kungen. Sedan gäller det bara att hitta den andre gynnaren … Henrik …

Han smällde Grodläpp över magen på väg ut och Ulltott, som inte alls var beredd, skrek till.

Magnus vände sig förvånat om och stirrade på Grodläpp.

– Ohh … aj, aj …, ojade sig lekaren och langade fram sin flöjt som han faktiskt haft i bältet. Mina instrument. Ers Majestät har sönder dem … aj, aj …

– Tokdåre, sa kungen. Gör dig beredd att gå upp, du ska underhålla i kväll, fast det inte är jag som sitter i högsätet!

– Vad är det som Ers Majestät har hittat på? dristade sig Grodläpp att fråga.

– Det är inte jag, det är Birgitta …

Magnus Eriksson såg ut som om han svalt en padda.

– Drömtyderskan har utmanat mig. Tiggare och dårar har bytt plats med mig och drottningen och några till, fortsatte han. Patrasket ska äta och dricka på festen ikväll. De ska konversera, dansa och läsa poesi och den tokan har slagit vad om att de kommer att uppföra sig mer ridderligt än vad jag någonsin gjort under hela mitt liv … ha, ha … och det är den olycksalige William som är orsak till eländet!

Kungen nästan spottade ut orden. Ulltott, som tryckte under filten, förstod nu vad som hänt ute på banan och varför tornerspelen avbrutits i förtid.

– Men spela och sjunga ska du min själ göra…

– Som Ers Majestät befaller, sa Grodläpp och höll upp handen. Jag är er lydige tjänare.

Kungen gick och smällde igen dörren.

KAPITEL 15

ÄNGLAHJÄLP

I bastun satt Karl Ulfsson och svettades tillsammans med Bengt Jonsson Grip och de övriga tornerspelarna. Karl tyckte att hans mor överdrev med vadet och först hade han vägrat att lämna ifrån sig sina dyrbara kläder och det praktfulla svärdet. Skulle han någonsin få igen dem? Ett av bältena hade han i alla fall lyckats gömma undan.

Fastlagsupptåg var Karl inte främmande för, då rik klädde ut sig till fattig, präst till gycklare, men det här var att gå för långt. Han skulle inte få sitta vid festbordet utan skuffas undan som en usel snyltgäst. Han skulle inte få äta sylta och saftiga köttbitar utan avgnagda ben och brödbitar. Och allt detta för att hans mor inte kunde hålla truten när hon såg en orättvisa.

Den som var mest irriterad var ändå Bengt Jonsson Grip. Däremot var han nöjd med hur han lyckats hålla de irriterande tvillingbröderna i schack. Den ene infångad och inlåst och den andre slagen ur räkningen. Men han hade bett Sven hålla ett öga på den skadade pagen för säkerhets skull.

Gripen betraktade Karl Ulfsson som han tyckte var en sprätt. Vad han avskydde att inte ha kontroll. Full av förakt drog Gripen på sig paltorna som han blivit tilldelad och klev ut från den ångande bastun. Helst av allt ville han rida till Rosenborgen och fortsätta letandet. Men han var ju kungens trogne man ...

Sigrid Ormdöverskan lämnade sjukstugan, det fanns ärenden att uträtta. Dessutom hade hon lovat Ulltott att se till att Apelgrå stallades in och fick foder. Nu stod hästen bunden i ett tomt skjul i närheten av rännarbanan.

– Vill du se till Pim med? ropade Ulltott efter henne.

Han hade skuttat upp ur bädden och reglat dörren. Då hörde han William skratta. Förvånat vände han sig om och såg brodern sitta upp.

– Vi trodde att du var döende.

Ulltott kom över till hans säng.

– Jag trodde att du var död, sa William och kramade om sin bror.

– Ni är inte riktigt kloka, sa Grodläpp. Vad håller ni på med? Går omkring och blir nästan mördade ...? Ormdöverskan sa ...

Lekaren avbröt sig.

– Det är farliga saker, fortsatte han med låg röst. Ni måste vara försiktiga.

Han gick upp och ställde sig vid dörren. Pojkarna såg allvarligt på varandra.

– Will, det är något lurt med Rosenborgen, viskade Ulltott.

William spratt till.

– Vad pratar ni om? sa Grodläpp.

Han tryckte handen mot kinden. Grötomslaget höll på att glida av.

– Grodläpp, du måste lova att hålla tyst! sa William.

– Och kom ihåg, du har inte sett mig, fyllde Ulltott i, och tittade menande på sin bror.

– Jag har inte sett dig, upprepade lekaren. Mot badet och kryddnejlikorna, jag kommer att dofta som en prins i kväll.

Grodläpp blinkade mot dem och lämnade sjukstugan.

Ulltott sjönk ner på golvet. William var spänd till bristningsgränsen.

– Berätta vad du har kommit på!

– Ta fram det där kärleksbrevet! sa Ulltott.

– Vilket brev?

William såg frågande ut men sedan förstod han och trevade efter läderpungen som brukade hänga i bältet. Den var inte där. Han kände endast dolken i sitt dekorerade skinnfodral.

William blev kallsvettig.

– Jag förstår inte, den är inte här…

Bröderna drog efter andan. De visste blixtsnabbt vad den andre tänkte på.

– Den måste ha slitits av när du föll, sa Ulltott, den…

Han avbröt sig och stirrade på regeln som nästan omärkligt rörde sig. Han hade glömt att låsa dörren efter Grodläpp. Snabb som en vessla ålade sig Ulltott in under en av britsarna. Det var inget bra gömställe, men bättre än ingenting alls. I nästa sekund svängde dörren upp och Sven stod i sjukrummet.

William började stöna och pagen gick fram till honom. Ulltott tryckte sig mot väggen och försökte att andas så tyst som möjligt.

– Jaså, du ligger här alldeles ensam, sa Sven. Vem var det

som du pratade med alldeles nyss då?

William öppnade ögonen och stirrade på Sven. Han måste komma på något. Om pagen böjde sig ner det allra minsta skulle han upptäcka Ulltott. Och på så nära håll skulle han nog känna igen honom, trots den lortiga förklädnaden.

– Jag ser änglarna, låtsades William yra. De sitter på taket… hör harpan, den spelar så vackert… i himmelen…

Ulltott kunde knappt hålla sig för skratt under britsen. Han var tvungen att bita sig i läppen.

– Håller du på att dö? sa Sven.

William hade god lust att hoppa upp ur sängen och slå till honom fast det kunde man inte göra om man låg på sin dödsbädd. Dessutom mådde han illa.

– Änglarna… spelar…, pressade han fram. Följer med… ja, jag följer med…

Han vågade inte öppna ögonen. Svens sura andedräkt slog mot hans ansikte. Pagen hade böjt sig över honom.

– Döingsnack…

William kunde inte hålla tillbaka illamåendet längre. Det var som om inälvorna ville kränga sig ut ur hans kropp. Hastigt reste han sig upp. Maginnehållet sprutade över Sven.

Sven skrek som en stucken gris. Hans fina pagekläder hade blivit alldeles nersmetade. Ulltott fick bita sig i läppen ännu hårdare.

– Fy för den lede! Jag hoppas att du snart blir nergrävd.

Sven lämnade hastigt rummet.

Ulltott låg kvar en god stund innan han kröp upp till William. De begravde sina ansikten i filten och skrattade. Men sedan blev Ulltott allvarlig.

– Han är Gripens spion…

– Ulltott! sa William. Du måste gå till banan och se efter om min läderpung ligger kvar.

Han sjönk ner i bädden.

– Vill du ha lite vatten?

Ulltott såg oroligt på sin bror.

– Det är bra med mig. Änglarna får vänta. Skynda dig!

KAPITEL 16

BIRGITTAS MAKT

I palatset skvallrades det livligt om kungens och Birgittas märkliga vad. Magnus Eriksson hade snabbt döpts om till Tiggarkungen och Birgitta, som själv bytt plats med en av tiggarkvinnorna, Elin Tjuvafinger, kallades för Bakvända Birgitta.

Varenda rum, kammare och prång var upptaget av de fönäma gästerna och deras tjänare. Folk hade kommit ändå från Namur, drottning Blankas gamla hemtrakter. Det är klart att Magnus ville att festen skulle bli till belåtenhet och nu skulle gästerna få sig ett verkligt bravurnummer, kungen och drottningen och två av de rikaste vid hovet i tiggardräkt. På slaget tolv hade man sagt att allt skulle återgå till det normala men än var det många timmar dit.

Det hade börjat skymma och Ulltott smög över borggården. Ända ut dit trängde doften av grillat kött, glaserade rotfrukter och kryddstarka pepparkakor. Han kände hur det vattnades i munnen, han hade inte ätit ordentligt sedan föregående kväll. Utan att bli stoppad tog han sig till rännarbanan som låg öde.

Med blicken stadigt fäst mot marken letade han efter Williams skinnpung som han hoppades skulle ligga kvar någonstans i det blöta och uppsparkade gräset.

Några kajor skränade i en träddunge, de kände visst också av feststämningen och hoppades på läckerbitar. Ulltott hade snart gått över hela banan men inte upptäckt pungen. Just som han skulle ge upp såg han ett ljusbrunt stycke läder sticka upp vid en grästuva. Läderpungen! Den hade blivit nertryckt av en hov och låg till hälften dold under tuvan. Han böjde sig ner och grep efter snöret.

Då trampade en stövelprydd fot på hans utspärrade hand. Ulltott skrek till och tittade överrumplad upp. Först kände han inte igen mannen som grinade mot honom. Han var barhuvad och bar en mantel full av revor där det endast fanns malätna tussar kvar av pälsen som en gång kantat den. Sedan kände han igen den spetsiga näsan och de stickiga ögonen. Bengt Jonsson Grip stod på handen och Ulltott kom inte ur fläcken.

– Vad håller du på med, snorunge?

Det verkade inte som om Gripen kände igen honom. Och hur skulle han kunna göra det? Han trodde väl att Ulltott låg kvar i Rosenborgens jordkällare.

– Det… det är den där unge William, mumlade Ulltott och försökte låta grumlig på rösten.

– Och vad är det med honom?

– Han skulle sjunga på festen ikväll…

William var känd för sin vackra sångröst. Även Ulltott kunde sjunga fast det tyckte han inte själv.

– Han ligger sårad har jag hört…

Det gick inte att ta miste på Gripens belåtna ton.

– Ja, det är just det, sa Ulltott.

Han visste inte hur han skulle fortsätta.

Gripen trampade hårdare. Ulltott trodde att handen snart skulle brytas men han ville för allt i världen inte visa hur ont det gjorde.

– Nu önskar fru Birgitta att jag tar hans plats, drog han till med.

Han visste att Birgittas namn brukade få männen att darra.

– Tiggarslödder! sa Gripen föraktfullt men han lättade ändå på foten och Ulltott drog kvickt till sig pungen.

– Vad ska du med den där till?

Bengt Jonsson Grip fick absolut inte titta i läderpungen. Kanske hade han den andra halvan av brevet och letade efter den försvunna biten.

– Jag behöver hans mungiga, jag ska spela på den …

Ulltott reste på sig och tänkte just smita undan när väpnaren grep tag i hans nacke. Han höll honom som i ett skruvstäd med sina knotiga fingrar.

– Hon sa att jag skulle komma meddetsamma, kved han. De håller på att repetera …

Ulltott hade ingen aning om vad Birgitta gjorde i denna stund. Hon skulle ju själv agera tiggare. Och Gripen var tydligen också en av trashankarna av manteln att döma.

– Då är det väl bäst att vi går till repetitionen, sa Gripen och släpade honom med sig.

KAPITEL 17

ÖVNING I HÖVISKHET

Efter att trashankarna badat – ett välbehövligt bad, bastukvinnan vittnade om att hon aldrig sett vattnet så lortigt – drog Birgitta dem med sig till sin kammare där Blanka började övningen i långdans.

Där var Olof Stenbumling, som skulle föreställa kungen och Anna Svandunet som hans drottning. En man vid namn Peter Krokhand hade fått rollen som Bengt Jonsson Grip och en småväxt kvinna, Elin Tjuvafinger som bara hade ett öra, fick spela ingen mindre än Birgitta Birgersdotter själv. Hon hade fått på sig Birgittas vackra blå klänning och den passade precis eftersom även Birgitta var liten till växten.

Det fanns en omgång kläder som ännu inte prydde någon tiggarkropp och det var sonen, Karl Ulfssons, eleganta stass, bestående av trånga hosor, pälsbrämad kjortel med tillhörande mantel och sammetshatt. Några av tiggarna hade nämligen lagt benen på ryggen när de fick höra talas om vadet, de vågade inte vara med i en sådan märkvärdighet.

Det syntes att Birgitta njöt av alla förberedelser, hon skulle få näpsa Magnus ordentligt, om än för bara några timmar. Och Blanka hade hon fått med sig, den oftast uttråkade drottningen tyckte att det var roligt att göra något annorlunda.

– Rör er behagfullt och håll huvudet högt, manade hon.

Nu skulle drottningen lära de rena och festklädda tiggarna hur man uppförde sig ädelt och ridderligt.

Grodläpp, som fått en munfull kryddnejlikor av Blanka, var försångare och sjöng stroferna. Alla andra måste klämma i när omkvädet kom.

– För de här kläderna skulle jag kunna äta mig mätt under resten av mitt liv, sa Peter Krokhand och nöp i sitt färgstarka ylleplagg.

– Ja, du äter inte så mycket du, flinade Olof Stenbumling. Men kläderna är fina, titta bara på den där högen ...

Olof pekade på Karls kläder.

– De är pråliga, sa Birgitta. Min son är en snobb.

Hon suckade.

– Frun ska inte vara ledsen för det, tröstade Olof. Han gick i alla fall med på att låna ut dem.

– Med nöd och näppe.

– Våra löss kanske lär honom en läxa, sa Peter Krokhand.

– Alla har löss, sa Birgitta. Endast Jesusbarnet är fri från ohyra.

– Har kungen löss?

Elin Tjuvafinger stirrade på Blanka.

Blanka skrattade.

– Jo, jag måste avlusa kungen ibland, log hon.

– Varför gör ni det här för oss, fru Birgitta? frågade Anna Svandunet.

Hon var bedårande i drottningens mantel och pärldiadem.

– Paradiset är som ett stort gästabud och ikväll ska ni få vara med om ett.

Birgitta strök Anna över kinden.

– Menar ni, fru Birgitta, sa Peter Krokhand, att vi ska få se en glimt av paradiset ikväll?

– Kanske inte riktigt men ni ska i alla fall få äta er mätta, sa Birgitta. Men vi fattas en, så förargligt...

Kungens forna hovmästarinna hann inte avsluta meningen. In genom dörren klev Bengt Jonsson Grip med Ulltott i ett fast grepp. Gripen brydde sig egentligen inte ett dugg om läderpungen, vad kunde finnas i den förutom de pinaler som pojkar brukade bära med sig? Men han ville gärna veta vad den fnoskiga Birgitta hittade på. Kanske skulle han få veta något som kungen gärna ville höra.

– Här kommer den förlorade tiggaren, sa Gripen och knuffade in Ulltott i rummet.

Det kunde inte ha kommit lägligare.

– Vad bra! sa Birgitta. Här ligger kläder och väntar. Men du borde ta ett bad.

Ingen av tiggarna kände igen Ulltott. De hade sett honom komma i sällskap med Ormdöverskan och tog honom för en tiggarunge som hon plockat upp på vägen för att han skulle få sig ett skrovmål så småningom. Om Birgitta känt igen honom så visade hon inte det i varje fall. Hon tänkte mest på sitt vad.

Ulltott insåg att han måste säga något innan Gripen började få misstankar.

– Jag har övat in några sånger, sa han och hoppades att ingen skulle lägga märke till läderpungen.

Grodläpp, som hållit sig i bakgrunden, höll upp sin flöjt.

– Utmärkt! sa han, med aningen darr på rösten. Då fortsätter vi!

– Jaha, min gode Bengt Jonsson Grip, sa Birgitta. Ni kan lämna oss nu.

Hon avskydde karln och undrade varför han hade varit så tillmötesgående.

För ett ögonblick såg Gripen förvirrad ut, som om det var något som undgått honom. Men så vände han tvärt och klev ut ur rummet. Ulltott andades ut och gömde läderpungen under sin luddiga schal.

– Tjänarna kommer att passa upp er och hjälpa er till rätta, sa Birgitta när de övat en god stund på dansen.

– Kom ihåg att du inte får fisa! sa Anna till Olof.

Alla brast i gapskratt.

– Om jag fiser tyst? sa Olof.

Anna stönade.

– Du är kung.

– Än sen, sa Olof, jag har väl en rumpa.

Elin Tjuvafinger tog upp tråden.

– Och du får inte andas ut din stinkande andedräkt rakt i ansiktet på din bordsdam.

– Vilken dam...? Det är ju bara Anna...

– Nu räcker det!

Blanka klappade i händerna.

Ulltott kunde knappt hålla sig för skratt. Han undrade hur det skulle gå för tiggarna. Om de skulle lyckas med att uppföra sig och därmed vinna Birgittas vad.

– Jag kan sjunga en visa, sa Elin.

Det gick inte att hejda henne. Grodläpp flinade förtjust.

Har ni sett vad bödeln gör?
Snittar öron, köper smör.
Vill du ej bli öronlös?
Spring så långt du kan, min tös.
Svipp, svopp, hej hopp fallera!

– Du hann inte springa så långt, Elin, sa Anna Svandunet.

Hon syftade på Elins avhuggna öra.

– Jag var hungrig, sa Elin. Vill ni höra en vers till? Jag har hittat på den själv.

– Tack så mycket, Elin, sa Birgitta. Men Grodläpp och hans musikanter ska underhålla.

Hon vände sig till lekaren och Ulltott.

– Grodläpp, hur är det med William? Har han hämtat sig?

– Njaää, inte riktigt, han ligger där han ligger, knappast rörlig vad jag vet…

– Men han kommer väl att överleva? Ska vi inte kalla på prästen?

– Nej! Ingen präst!

Ulltott kunde inte hålla tyst och alla stirrade på honom. Vad skulle han säga nu?

– Jag menar… inte än, stammade han. Jag råkade gå förbi sjukstugan och han är bättre nu, mycket bättre…

– Men han måste vila, fortsatte Grodläpp, ligga still och vila…

– Vilken tur att du dök upp.

Birgitta log mot Ulltott.

– Fast du måste tvätta av dig. Sedan kan du använda de där kläderna.

Hon pekade på Karls plagg.

– Är de inte lite för stora för honom?

Grodläpp spottade diskret ut en kryddnejlika.

– Åhh, han får spänna sitt bälte ordentligt, sa hon och blinkkade nästan omärkligt åt Ulltott.

Han anade att Birgitta genomskådat honom men att hon inte skulle skvallra. Fascinerad betraktade han svärdet i sin skida som Karl Ulfsson tvingats att lämna ifrån sig. Tänk att äga ett sånt svärd …

Ulltott var nöjd. Han skulle vara i närheten av Grodläpp och förklädd kunde han spionera på Gripen. Han måste bara ta sig tillbaka till William så att de i lugn och ro kunde läsa det halva brevet.

KAPITEL 18

ETT SVÅRFÅNGAT BREV

Rödnäsa, som skattade sig lycklig över att ha sluppit undan vadet, hade fullt schå med att hålla ordning på tjänstefolket. Han hade bett Sigrid Ormdöverskan att stanna kvar i Vadstena över natten, dels för att vaka över William, dels för att vara till hands med sina blad och dekokter ifall mer blodvite skulle uppstå. Det brukade bli slagsmål frampå småtimmarna när höviskheten och ridderligheten runnit av både rikt och fattigt folk, det visste Rödnäsa av erfarenhet. Även kungen hade ett gott öga till Ormdöverskan, hon hade en gång botat ett svårläkt sår på hans mage med blodiglar.

För säkerhets skull hade Rödnäsa låtit kalla på prästen, den präst som alltid fanns på plats vid hovet, och bett honom titta in till William. Några påstod att pojken snart drog sin sista suck, andra sa att det inte var något större fel på honom. Men Rödnäsa ville ändå ha en gudsman vid bädden ifall det värsta råkade inträffa. Om nu inte kungen och Gripen hade vett att agera förståndigt måste någon annan göra det, resonerade Rödnäsa, som själv var mycket förtjust i både William och hans tvillingbror. Så när Ulltott kom smygande i sina pråliga kläder, som mycket riktigt var för stora, fann han till sin förvåning en knäböjande präst vid Williams bädd. Han trodde knappt sina ögon, skulle de aldrig få bli ensamma?

Snart skulle man börja äta i stora kungasalen, talgljusen höll på att tändas och lekarna stämde sina instrument, och då måste han vara på plats.

– *Fader Vår som är i himmelen,* bad prästen.

Ulltott harklade sig. William kikade upp från sängen och log.

– … *tillkomme ditt rike,* mässade prästen.

Ulltott dinglade med läderpungen och väntade.

– … *Amen.*

Med ett stånkande reste sig prästen upp. Han fick syn på Ulltott.

– Vad… vad är det frågan om? stammade han.

Det var en fetlagd man med bölder i ansiktet. De små ögonen var djupt insjunkna.

– Kalaset ska börja! sa Ulltott käckt. Fru Birgitta kallar på er.

En glimt av rädsla stod att läsa i prästens ögon. Han började pilla på en av de röda bölderna.

– Jaså, sa han, jaha… då måste jag väl ge mig dit, unge man.

– Hur är det med honom då?

Ulltott ansträngde sig för att se bedrövad ut.

– För att ha blivit skadad under ett tornerspel är det lindrigt, svarade prästen. Jag kommer ihåg en riddare som fick en flisa från en tornersköld i ögat och avled efter tre dagar.

– Jag tror att han sover nu, sa Ulltott.

William hade slutit ögonen men han sov inte, det visste Ulltott.

– Ni kan gå med gott samvete, fader. Jag ska vaka över honom en stund.

Prästen tackade Ulltott. I själva verket ville han mer än gärna ansluta sig till festen för att inte gå miste om någon godbit. Han slickade sig om munnen och lämnade sjukstugan.

Ett bubblande skratt hördes från bädden. William stack upp sitt bandageprydda huvud.

– Ulltott, du är finternas mästare... har du brevet?

Med ivriga fingrar drog Ulltott i läderpungens band. Han stoppade ner handen för att ta upp brevet.

Där fanns inget.

Desperat tömde han ut innehållet på golvet. Några mynt rullade över golvbräderna, en flintasten och ett eldstål, en luskam och några bitar fläsksvål. Men inget brev.

De båda bröderna stirrade på varandra. De förstod ingenting.

⁂

Sven kunde inte läsa. Hans far hade ansett att det räckte att en stormannason kunde hantera svärd, dolk och yxa, spränga fram på en häst och tukta uppstudsiga bönder som inte gjorde sina dagsverken. Att läsa var något som enfaldiga munkar kunde få hålla på med.

Sven hade aldrig protesterat. Han kom ihåg att hans far med nöd och näppe kunnat stava sig igenom ett dokument, det var allt. Behövde något skrivas fick man gå till en skrivare eller en präst.

Full av ursinne hade Sven när han lämnat William sprungit till en vattentunna och tvättat av sig spyorna. Det enda som tillfredsställde honom var att den där William hade fått sig en ordentlig smäll och var ur räkningen. Gripen skulle uppskatta den nyheten. Var den andre brodern befann sig visste inte Sven.

Fortfarande irriterad hade han gått bort till den tomma rännarbanan och sparkat i marken. Kajorna väsnades. Han hittade en sten som han slungade mot träddungen där de höll till. När stenen träffade bladverket blev det ett ännu värre liv. Sven kunde inte låta bli att tänka på hur skickligt William ridit mot quintanen och faktiskt träffat den innan han gled ur sadeln.

När han gått omkring ett slag och bråkat med grästuvorna hittade han något annat, en avsliten och lerig läderpung. Den innehöll det sedvanliga, inga märkvärdigheter, förutom en ihoprullad pergamentbit. När han tog upp den påmindes han om det konstiga brev som hans morbror läst ur för bara några dagar sedan. Det hade varit avrivet precis som detta och låg nerpackat i hans sadelväska.

Sven hade stoppat pergamentbrevet i sin egen penningpung och gått därifrån. Bokstäver hade han aldrig förstått sig på men han tyckte om att samla på saker.

KAPITEL 19

REDO FÖR KALAS

– Vem som helst kan ha tagit det, sa Ulltott.

Han såg bedrövad ut.

– Vem som helst.

– Men ingen har intresse av ett halvt kärleksbrev, sa William, eller vad som ser ut att vara ett halvt kärleksbrev.

– Utom Gripen, sa Ulltott. Jag är säker på att han har den andra halvan. Kommer du ihåg vad som stod på vår …?

– Inte exakt, mumlade William, … *ni är för mig – en sällsam skatt …* Aj!

– Vad är det?

– Jag har ont i skallen.

– Vi misslyckas med allt.

Ulltott såg ännu mer bedrövad ut.

– Du, sa William efter en stund, det kanske inte är en liknelse som vi trott.

William var den av bröderna som fått lära sig att läsa och skriva redan som liten pojke.

– Vad då?

– Jo, det fattas ju text...

– Det vet jag, sa Ulltott surt.

– Vi har hela tiden trott att det är ett kärleksbrev, fortsatte William uppmuntrande, men brevskrivaren, eller brevskriverskan, kanske menar något annat...

– En skatt, en sällsam skatt!

Ulltott flög upp från bädden.

– Då stämmer det med vad Ormdöverskan sa, att det finns något värdefullt på Rosenborgen. Vad dumma vi har varit.

– Den som har den andra halvan av brevet kanske har förstått det vi hittills inte har förstått, sa William. Tills han sätter ihop de båda halvorna...

De visste båda vem den andre syftade på.

– Vi tar tillbaka dem! Brevhalvorna kan bevisa att vi är ägare till Rosenborgen.

Ulltott hade fått igen sina kämpatag.

– Vi tar tillbaka dem!

– Men hur? sa William, och från vem?

Nu var det han som började bli missmodig.

– Tror du att du kan stå på benen? frågade Ulltott.

William reste sig upp.

– Känner du dig yr?

Ulltott tog sin bror i handen.

– Inte ett dugg, sa William och snurrade runt. Men jag är vrålhungrig.

– Du, sa Ulltott, det finns inget som hindrar att du ansluter dig till festen. Håll dig bara borta från Sven och Gripen.

– Är det inte bättre att jag letar igenom deras packning, sa

William. Alla tror ju att jag ligger här…

Han kände hur han blev varm av upphetsning.

– Du ska ju sitta vid hedersbordet.

– Jag kan slå Sven på käften! sa Ulltott.

– Bara han inte känner igen dig…

– Den risken får vi ta.

De båda bröderna sjönk ihop på golvet och sänkte instinktivt rösterna. Ulltott blåste ut ljuset.

– Försök att få tag på Svens läderpung, sa William. Vem vet, det är kanske han som har tagit brevet.

– I så fall ger han det till Gripen eller kungen, sa Ulltott.

– Det är inte säkert. Håll honom sysselsatt, be honom om allt möjligt, vad som helst…

– Du har rätt, sa Ulltott. Jag känner att jag börjar komma i feststämning…

– Och du, sa William, se upp för Gripen!

– Jaa…

Brodern blev tankfull.

– Men hade han velat döda oss skulle han redan ha gjort det… Det är något annat, Gripen vill åt Rosenborgen och det som kan finnas där och han…

– … vill ställa oss i en så dålig dager som möjligt till förmån för Sven, fyllde William i. Och Magnus är nyckfull, det vet alla.

De såg sig om i den skumma sjukstugan. Ulltott nappade åt sig en filt och knölade ihop den i Williams bädd. Sedan gömde han talgljuset under en av britsarna.

– Ormdöverskan kommer inte att låta sig luras, sa William.

– Nej, hon är ju på vår sida men om någon annan kommer hit, så ser det i alla fall ut som om du ligger i sängen.

Ulltott tog Williams struthätta och lät den sticka upp över filten. Nu såg det ut som om William låg med ansiktet mot väggen.

De smög ut genom dörren och möttes av ett uppsluppet sorl. Kalaset för Birgitta hade redan börjat.

KAPITEL 20

UPP-OCH-NERVÄNDA VÄRLDEN

Till vissa gästers förvåning tronade fem okända personer vid långbordets hedersplatser: Olof Stenbumling, Anna Svandunet, Elin Tjuvafinger och inte minst Peter Krokhand, som man sa var en avsatt präst. Där satt också en yngre man med alldeles för stora kläder som var utstuderat pråliga. Det var Ulltott, fast det visste ingen utom Grodläpp och möjligen Birgitta.

Det skvallrades och tisslades och tasslades. Några hade reda på vad som skett, de hade ju med egna ögon sett Birgittas och kungens uppträde på rännarbanan, medan andra som kommit senare till den stora festen, bara hade rykten att gå efter. Hur som helst var det inget fel på stämningen. Över trettio rätter bars in på väldiga fat: kött från oxe och vildsvin, inbakad höna, lökpaj, russinpaj, lax i vin och lax med honungspuder, kokt gädda med smörsås och ål med gröna ärter. Exotiskt ris, färskost, mandel och russin, torkade äpplen, klenäter, mandelkakor och pepparkakor. Allt man kunde önska sig.

Tiggarherrskapets ögon gick i kors. Aldrig förr i sina eländiga liv hade de sett så mycket mat på en och samma gång. De var bara vana vid smulor från den rikes bord, för efter ett gästabud brukade alla rester delas ut till de fattiga. Då slogs de om avgnagda köttben och sönderkokta kålrötter. Så det var inte särskilt underligt att de stackarna glömde allt vad etikett hette, allt som Blanka och Birgitta hade lärt dem under eftermiddagen. Kung Olof och drottning Anna, riddare Peter och den sköna Elin Tjuvafinger gick lös på maten som om de trodde att detta var den allra sista måltiden i deras liv.

Blanka och Birgitta hade efter visst övervägande beslutat att tjäna vid bordet som pigor, fattiga men ändock pigor, för att kunna hålla bättre uppsikt över sina skyddslingar. Sven var till sin stora förtrytelse tvungen att passa upp han också. Att bli Magnus Erikssons page var Svens inträdesbiljett till hovet, och egentligen var han stor nog att bli utnämnd till väpnare. Nu måste han passa upp en stor, äcklig fyllbult till kung.

Gycklarna spelade och gjorde konster, däribland Grodläpp, som var utstyrd i sin grannaste gycklardräkt, skuren på längden i knallgult och grönt. Långa åsneöron prydde hans mössa. Grodläpp höll ett vakande öga på Ulltott för gossen var ju ensam utan sin bror.

Ingen visste hur det gick till när Olof Stenbumling fick kungens krona på sitt huvud. Någon måste ha hämtat den – och man hade sina misstankar – från det kungliga gemaket och plötsligt bara satt den där, en krona med en smal pannring och tre höga, liljeformade spetsar. Därmed var bytet komplett i Birgittas och kungens vad.

– Fyll på min bägare, slöfock! kommenderade Olof.

Han drack så snabbt att det verkade vara hål i botten på hans bägare.

– Du får äta upp det du har på tallriken, ditt svin! sa Sven spydigt.

Olof blev arg och vände sig om för att grabba tag i honom. Men pagen hoppade undan.

– Hör du, han äter som han vill, sa Ulltott. Han är kung.

– Just det, sa Olof.

Ulltott visste inte hur han skulle kunna komma åt att titta i Svens penningpung.

– Hör du page, kommenderade Anna Svandunet. Du ska avsmaka vinet!

– Just det! klämde Olof i. Du ska avtäcka det! Man kan bli förgiftad.

– Håll fast honom, viskade Anna.

När Anna sträckte sin bräddfyllda bägare mot Sven fångade Olof in honom med sina stora nävar.

– Drick! skrek Anna.

– Vinet är redan avsmakat, sa Sven och försökte kränga sig ur Olofs grepp.

– Inte hennes vin, sa Olof.

Pagen satte bägaren mot munnen och då passade Ulltott på. Med kvicka fingrar lossade han pungen från Svens bälte utan att han märkte något.

Nu var det som om djävulen farit i Olof Stenbumling. Han tryckte ner Sven på knä och tvingade honom att tömma hela bägaren.

– Så går det till vid hovet, skrattade Olof när Sven druckit upp.

Vinet hade delvis runnit vid sidan om, det sipprade droppar nerför hackan och Sven hickade.

– Dog han? skrek Anna i triumf.

– Inte än, sa Olof.

– Då vill jag ha vin!

Anna snöt sig i bordduken. Hennes näsa hade börjat rinna, kanske var det pepparn i maten.

– Så får du inte göra! Bara torka dig på den, viskade Ulltott.

– Äsch, sa Anna, vad gör det för skillnad, om jag torkar trynet eller snyter mig. Duken ska ändå tvättas...

Sven reste sig på vacklande ben. Han kände sig omtöcknad, speciellt som han hivat i sig flera bägare öl i köket. Det slog honom att det var något bekant med den där tiggaren i de för stora kläderna.

Ulltott tyckte att Sven fått vad han förtjänat. Penningpungen hade han gömt under sin stora mantel. Han skulle undersöka den så fort tillfälle fanns och sedan låta pungen glida ner på golvet så att det såg ut som om Sven tappat den.

Plötsligt fick han en knuff i sidan av Olof.

– Jag såg nog vad du gjorde, sa han. Man kan bli hängd för det.

– Jag har mina skäl, sa Ulltott.

Han såg sig vaksamt omkring Det slog honom att han sagt att han skulle sjunga. Måtte inte Gripen komma ihåg det.

– Håll tyst om det är du hygglig!

– Absolut! sa kung Olof.

Men Ulltott kände sig inte säker.

Det hade börjat skymma när William smög in i palatset. Det var han tacksam för. Hjärtat klappade och magen knorrade. Snart måste han få sig en matbit. William kände till var kungens kammare var belägen, och att det i rummen bredvid hade ordnats nattläger för riddare och väpnare. Där någonstans borde Gripen förvara sina tillhörigheter.

Antagligen kamperade Sven ihop med kungen, Sven som för tillfället var den ende pagen. William beslöt sig för att utgå därifrån. Gripen borde ha sitt rum nära kungens. Tänk om dörrarna skulle vara låsta, eller ännu värre, vakter stå utanför.

Ett uppsluppet sorl steg från stora kungasalen. William mötte inte en själ, inte ens en överförfriskad kammartjänare. Till sin förvåning fann han dörren till Magnus gemak stå på glänt. Försiktigt kikade han in. Där stod den stora sängen, med sina förhängen, men ingen människa syntes. Konstigt. Varför stod dörren öppen?

William drog ett djupt andetag, det doftade av någonting som han kände igen. Eftersom han var så hungrig tänkte han på mat, närmare bestämt korv. Han fick ett infall, gled in i kungagemaket och stängde dörren efter sig.

Dagens sista ljus silade in genom glipan i en fönsterlucka. William trevade sig fram till en brits. Svens mantel låg slängd där och på golvet stod två sadelväskor. Man vet aldrig, tänkte han, medan han med ivriga fingrar öppnade den ena av väskorna. Jag kanske i alla fall kan hitta något att stoppa i munnen.

I väskan fanns inget att äta, bara hårt ihoprullade plagg. William stängde den besviket och öppnade den andra. Hans fingrar stötte på något mjukt, invirat i ett tygstycke. När han drog ut det översköljdes han av en angenäm doft.

Pastej! Sketna Gertruds pastej! Och inte nog med det, där fanns korv också.

William skrattade för sig själv. Jaså, Sven var en mattjuv. Då fick han allt dela med sig. William slukade en korvbit och fortsatte att undersöka innehållet. Han var inte alls beredd på det som nu kom fram, ett trasigt pergament. Med en korv i ena handen och brevet i den andra störtade William fram till luckan och bände upp den för att se bättre.

Han hade funnit den andra halvan. Men han kunde knappt läsa vad där stod. Först tänkte han helt enkelt ta brevet med sig, men ångrade sig.

Jag behöver bara ett stycke kol, tänkte William, och ett ljus. Tyg och kniv har jag redan.

Han trevade sig fram till kungens säng. Precis som han trott stod där ett fyrfat med förkolnade träbitar.

– Ni vinner inte vadet om ni håller på så här. Har ni glömt vad ni har lärt er? förmanade Ulltott.

Han hade lyckats med att titta i Svens penningpung och till sin lycka hittat det förlorade brevet.

Det pirrade i honom av upphetsning.

– Nää, sa Olof och rapade.

– Det ska nog inte vara mer där, sa Peter Krokhand.

– Prata för dig själv, sa Olof. Hör du småsven, ge hit syltan!

– Det är den sista biten, sa Sven.

Olof blängde på honom.

– Då ska jag ha den, ropade Elin Tjuvafinger och kastade sig över bordet och grabbade tag i syltan.

Sedan klev hon upp på bordet, just framför Ulltott, och började sjunga med syltabiten i handen:

Vet ni vad en bödel vill,
När hans kärlek rinner till?
Svipp och svopp, kniven opp!
Dansar med sin kära tös –

Fast hon dansar huvudlös!
Hej hopp fallera!

Ulltott vågade inte göra något eftersom allas blickar var riktade mot hans håll.

– Ni beter er som grisar istället för höviska fruar och herrar, viskade han till Elin när hon klivit ner.

Det började gå för långt, Ulltott ville därifrån.

– Se på de andra gästerna!

Det skulle han aldrig ha sagt. En fest var en fest, även för de rika. Man åt av hjärtans lust, tappade mat på golvet, småslogs och flirtade om vartannat. En del gick ut och stoppade fingrarna i halsen för att få plats med mer mat.

– Jag tycker inte att vi beter oss värre än någon annan, sa Elin.

– Nej, men ni förväntas att bete er bättre, sa Ulltott. Tänk på fru Birgitta. Hon trodde på er! Se hur hon springer benen av sig för er skull.

– Äsch, hon klarar sig nog, sa Anna. Förresten var det hon själv som hittade på det. Jag tycker nästan synd om kungen.

– Ska du säga! sa Olof. Om det inte hade varit för Birgitta hade du varit som en mosad gädda i ansiktet. Hon stoppade tävlingen...

– En mosad gädda!

Anna ställde sig upp.

– Säger du att jag är en mosad gädda?

– Sätt dig ner! vädjade Ulltott.

– Jag sa att du kunde ha varit som en mosad gädda, sa Olof.

– På grund av dig, ja, skrek Anna. Du hade inte behövt rusa så där. Din gamla skittunna!

– Fisförnäma fårskalle! skrek Olof.

– Sluta, båda två! vädjade Ulltott.

Han måste ut till William men kände sig samtidigt skyldig att hjälpa tiggarna.

Då reste sig Peter Krokhand. Bengt Jonsson Grips plagg hängde löst på hans gängliga kropp men han utstrålade styrka.

– Vi utbringar en skål för kungen.

Peter Krokhand höjde sin bägare.

– Det är jag som är kungen, sa Olof Stenbumling belåtet. Skål allesammans!

– Jag menar den verklige kungen, Magnus Eriksson, fortsatte Peter Krokhand, för att han lät oss delta i detta … detta upptåg … denna hjärtliga fest. Och skål för fru Birgitta, vår välgörerska …

Birgitta, som just hade varit och pustat ut i köket, fick en bägare vin i handen. Hon skrattade.

– Ärade gäster, kära vänner och släktingar, började hon. Detta är en avskedsfest för mig som kungen och drottningen låtit ordna. Vi höjer sannerligen en skål för dem! Och nu tycker jag, kung Olof, att du låter kalla hit *tiggarna* så att de kan få sig en matbit och lyssna till musiken …

– Om det finns någon mat kvar, ja, skrek Olof.

Det var inte det svar som Birgitta förväntat sig av honom. Det kom han på i samma ögonblick som han såg hennes min och han skyndade sig att tillägga:

– Men vin och öl finns det gott om, vi ska nog se till att patrasket får i sig vad de tål. Olof torkade sig om munnen med sin stora näve.

– Leta rätt på dem! Det är en ordonnans!

KAPITEL 21

ETT PROV

Magnus Eriksson, Karl Ulfsson och Gripen blev anvisade en bänk vid väggen, alldeles vid dörren. Det var inte vanligt att tiggare fick komma in i en festsal, men här gjordes ett undantag, det hela var ändå bara ett spel.

Strax intill underhöll lekarna och skratt och glam steg mot taket. Blanka skyndade sig fram med lite mat.

När Magnus fick syn på kronan på Olofs huvud blev han vit i ansiktet av ilska.

– Var det nödvändigt? väste han till Blanka. Hur kunde du gå med på det?

– Kära du, sa Blanka milt, gästerna är mycket roade.

Kungen lugnade sig något.

– Nå, hur är det med ridderligheten då? sa han. Jag vill bestå trashankarna med ett prov.

– Ät av maten först, sa Blanka. De har förresten uppfört sig väl.

Kungen tittade buttert på sin maka. Hon tog alltid parti för

Birgitta när de var tillsammans alla tre.

– Då vill jag ha sylta! sa han.

– Den är tyvärr uppäten, svarade Blanka.

– Det ante mig, sa kungen.

Han blängde på Olof och Anna borta vid högsätet och på de andra som bänkat sig där.

Ulltott skruvade på sig, han kände sig iakttagen. Det var inte bara kungen som stirrade utan även Gripen. Han undrade om han var igenkänd. Även om huvudbonaden satt långt ner i pannan och ljuset i salen inte var så skarpt fanns det stor risk att Gripen eller kungen skulle avslöja honom. Och om kungen gjorde det måste han undra vad sjutton Ulltott höll på med.

Folk hade fyllnat till ordentligt. Vissa sov med huvudet mot bordduken, en gäst låg och snarkade på golvet där hundarna gnagade på köttben. Andra väntade på att få dansa långdans, man ville sträcka på benen och få en nypa frisk luft.

Magnus Eriksson kunde inte glömma sin ilska och till sin fasa såg Ulltott att han skickade fram Gripen till högsätet. Där stod han nu och stirrade med sina stickiga ögon.

– Jag vill bestå majestäterna med ett prov, sluddrade han och pekade på Olof Stenbumling och Anna Svandunet med ett knotigt, ringprytt finger.

Ulltott bävade för vad som skulle komma.

– Hör här! sa Gripen. En kvinna ska snart föda ett barn. Hon rider på en häst som leds av en tjänare. I skogen blir de överfallna av en flock med vargar. Vem ska tjänaren offra?

Olof bet sig i läppen och tittade på Anna. Hon himlade med ögonen.

– Offra …? sa Olof. Han ska rädda hästen, så klart.

Bengt Jonsson Grip stönade och gjorde en svepande gest.

– Hästen? Din idiot!

– Ja, om han inte räddar hästen kan de ju inte ta sig därifrån …

– Då blir de slitna i stycken alla tre. Förstår du inte det? Tjänaren måste offra sitt liv för kvinnan och barnet.

– Kan han inte offra hästen? sa Olof. Så kan de springa därifrån? Var det en herreman i stället för en tjänare skulle han nog inte offra sig själv … då skulle han ta hästen och rida därifrån, det är vad jag tror.

Gripen stönade ännu mer.

– Där har ni deras ridderlighet. Tänker bara på sig själv. Ha! Jag anser att den goda fru Birgitta har förlorat vadet. Om hon var den havande kvinnan skulle kung Olof ha lämnat henne till vargarna!

Ulltott ilsknade till, han glömde bort att vara försiktig.

– Det sa han inte alls! protesterade han. Olof sa att de skulle försöka fly undan vargarna båda två …

– Just det! sa Olof med morsk röst. Ni försöker bara prata bort mig med era fina glosor. Jag skulle först ha slagits med vargarna med mina bara nävar …

Kung Olof slog med sina enorma händer i luften.

Applåder bröt ut och hejarop. Gripen gjorde en grimas. Ulltott fruktade att ett stort gräl skulle starta. Han sneglade åt Birgittas håll men hon nickade uppskattande.

Ulltott ville göra sig av med Svens penningpung men var rädd för att denne skulle se honom. Pagen som stod där och lurade. Och nu var Ulltott övertygad om att Gripen känt igen honom. Han kände väpnarens blickar rakt genom rummet. Eller var det inbillning?

Till råga på allt upptäckte Sven att hans ägodel försvunnit.

Han började skrika och fäkta med armarna.

– Tjuvar och rackarpack, ylade han. Jag har blivit bestulen!

Sven slog så vilt omkring sig att Olofs krona åkte av.

Svetten rann nerför Ulltotts rygg och det bultade i hans huvud.

KAPITEL 22

RÅTTGEMAKET

Grodläpp – den finurlige lille mannen – trängde sig fram med sina musikanter och spelade upp till långdans. Tonerna från fiddlan och Grodläpps nasala stämma överröstade Svens tjut. I den förvirring som uppstod lät Ulltott penningpungen glida ner på golvet. Brevet hade han i säkert förvar.

Under bordet kröp Olof för att leta efter sin krona.

– Långdans! vrålade Grodläpp, långdans, mitt ärade herrskap!

Anna Svandunet blev eld och lågor. Hon hade ju övat dans hela eftermiddagen. Svassat fram med högburet huvud, sluttande axlar och putande mage. Så hade den riktiga drottningen instruerat henne. Anna spanade mot utgången och såg att Rödnäsa fortfarande stod på vakt där. Hon skulle minsann dansa förbi honom. Hon var drottning, ja det var hon.

Alla som inte låg och sov, eller hade gått runt knuten för att göra sina behov, reste sig upp. Ulltott såg att Gripen följde honom med blicken.

– Här är din läderpung, hönshjärna! skrek Olof till Sven och viftade med pungen i luften. Den har legat här hela tiden.

Sven slutade genast att yla. Ulltott andades ut. Äntligen! Nu kunde han smita iväg. Det lättaste sättet att ta sig ut skulle vara att ansluta sig till dansen.

Gästerna hade fattat varandras händer, det blev en lång kedja. Anna dansade först. Ulltott var snabbt efter Olof Stenbumling och grep hans stora näve. Stämningen var uppsluppen. Det var en ny erfarenhet – att dansa med ett svärd vid bältet. Ulltott skänkte Birgitta en tacksam tanke, hon hade fäst upp hans mantel. Annars hade han snubblat på den. Han upptäckte att Sven glidit in i kedjan, strax bakom honom. Anna tog snabbare och snabbare steg och alltmer högljutt klämde man i när omkvädet kom. Grodläpp spelade som besatt.

Nu dansade Anna mot porten där Rödnäsa stod och trampade. Kvickt drog hon honom med i dansen. Ut i förstugan dansade hon och hela den långa kedjan följde efter. Ut på gården for hon sedan där vårnatten omslöt dem.

Det kändes som en befrielse. Ulltott drog efter andan och spanade. Han hoppades att William skulle vara där någonstans.

Anna blev allt vildare. Borta var den behagfulla och stolta hållningen, nu var hon en furia. Rödnäsa försökte dämpa henne men hon skrattade bara. Än så länge höll man kedjan men Ulltott hoppades att den snart skulle brista. Han försökte komma loss ur Olofs krampaktiga grepp men tiggarkungen klämde bara hårdare. Elin Tjuvafinger hickade. Bakom Elin dansade Sven.

– Nu ska vi dansa på kungens gravkor! hojtade Anna Svandunet. Nu ska vi dansa på döingarnas ben!

Hon drog iväg mot vattnet och platsen för den planerade kyrkan. Det var där som kungen och Birgitta hade grälat föregående kväll.

Rödnäsa vädjade till henne att hon skulle vända och dansa tillbaka. Han drog åt ett håll, hon åt ett annat. Nu brast kedjan. Olof släppte äntligen taget och ramlade, och av föll kronan för andra gången. Den var för liten för Olofs huvud. Ulltott försökte fånga den men kronan rullade ut i mörkret. Allt han såg innan en säck drogs över hans huvud var Sven som kröp på marken.

Ulltott hade blivit så överrumplad att han inte kom sig för att göra motstånd. Säcken var tjock och ogenomtränglig, han hölls som i ett skruvstäd och släpades iväg. Hjärtat bankade våldsamt. Svetten rann.

Han drogs nerför en trappa. En port öppnades och slöts och ännu en trappa forcerades. Ulltott försökte minnas stegen. Han släpades i en gång och sedan öppnades en dörr. Med en knuff i ryggen föll han handlöst ner på ett hårt golv. Sedan stängdes dörren.

Ulltott krängde av sig säcken och möttes av ett råkallt mörker. Han förstod att han befann sig någonstans under palatset. Han trevade med handen bakom sig. Där fanns ingenting, bara några avgnagda ben på det tillplattade lergolvet. Ulltott rös. Skulle han ligga här och ruttna bort? Hur ska du hitta mig, Will? tänkte han, och koncentrerade sig på brodern. Det hade hänt förut att de kunde känna av varandras nöd.

De var illa ute, de hade en fiende som ville få dem ur vägen. Varför? Svaret fanns i brevet, det var Ulltott säker på. Han trevade efter sin läderpung där han stoppat ner det. Brevet låg där. Kanske han och William varit övermodiga? De hade utmanat den rikaste mannen i landet. Det gjorde man inte ostraffat.

Ulltott svalde. Han tänkte på sin mor. Vad han önskade att få se henne, bara en enda gång. Känna hennes andedräkt, röra vid hennes kind.

Han kravlade mot dörren men den var naturligtvis låst. Vem skulle höra hans rop, förutom råttorna?

Ulltott låg i en drömlös dvala när han hörde steg och någon som hamrade på dörren. Instinktivt drog han sig mot väggen. Skulle han bli hämtad nu och förd till ett annat ställe? Eller skulle något ännu värre hända honom?

Med ens rycktes den tunga dörren upp och William stod i öppningen. I handen höll han ett ljus. Tätt bakom flåsade Grodläpp. De fick huka sig i det trånga rummet.

– Min lille mask..., viskade Grodläpp.

Gycklarens ansikte strålade.

Ulltott kröp fram och William sjönk på knä och omfamnade sin bror.

– Hur kunde ni veta? sa Ulltott matt.

– När du bara försvann fattade jag misstankar, sa Grodläpp. Och William såg vad som hände...

– Jag tittade efter dig, sa Ulltott.

– Jag fick hålla mig gömd, sa William.

– Ni har fiender, sa Grodläpp dystert.

– Det kan man lugnt säga, sa Ulltott. Var är vi?

– I Råttgemaket, svarade gycklaren.

– Råttgemaket?

– För ovälkomna gäster och folk som uppför sig illa. Jag har själv suttit här en gång…

– Fick du tag på något? frågade William.

Han ville slå bort den obehagliga stämningen.

Ulltott nickade spänt och tog upp brevet som var ihoprullat och ombundet med ett snöre.

Han berättade andtrutet hur det hade gått till på festen.

– Fick du själv tag på något?

Till Ulltotts förvåning plockade William fram ett stycke linnetyg med sotiga bokstäver.

– Vad är det där?

– Sven har den andra halvan men jag ville inte ta den… Jag ritade av brevet och klippte till det här linnestycket och skrev ner texten.

Ulltott var full av beundran.

– Nu anar inte Gripen och Sven att vi vet vad som står i brevet, sa han.

– Och själv kan de inte tyda innehållet, sa William belåtet.

– Men hur gör vi med Sven?

– Äsch, han kan tro att brevhalvan fallit ur läderpungen och ut på golvet.

I det fladdrande ljusskenet slätade William ut de båda bitarna, pergamentet och linnestycket. Skulle de äntligen förstå vad brevet handlade om?

KAPITEL 23

KUNGLIG VREDE

Ordningen var återställd. Kungen var kung och tiggarna utkörda i sina lusiga paltor. Men Magnus rasade ändå. Han gick av och an i den stora festsalen och gestikulerade medan han nästan spottade ut orden.

– Eländes elände! Min krona har blivit stulen och mina pager har spelat mig ett spratt… Vad har tagit åt dem? Sedan de var med mig i Novgorod är de som förbytta.

– Jag är här, Ers Majestät!

Det var Sven som höll sig framme.

– Jag vet att du är här, skrek kungen, du behöver inte påminna mig om det jämt och ständigt.

– De lurar er, sa Sven. Jag vet att den ene låtsades vara tiggare…

Magnus Eriksson blängde på Sven.

– Och jag vet att du är en skvallerbytta.

– Jag såg att Henrik tog kronan.

Det var en lögn men den fick kungen att stanna tvärt.

– Menar du att han tog kronan? Vad ska han med den till? Leka kung på egen hand, ha, ha…

Det kunde inte Sven svara på. Men påståendet fick kungen att bli ännu mer missnöjd med bröderna.

– Allt är mitt fel, sa Birgitta. Det var jag som startade alltsammans. Det är mitt högmod.

– Du erkänner att du har gjort fel, sa Magnus Eriksson.

Nu kom han alldeles av sig.

– Men jag är säker på att kronan kommer tillrätta och att Henrik inte har tagit den, fortsatte hon.

– Det gjorde han visst, sa Sven.

Kungen gav pagen en forskande blick och Birgitta blängde på honom.

– Så fort det har ljusnat ska vi leta reda på kronan och på Ulltott, jag menar Henrik, sa Rödnäsa med sitt vanliga lugn.

– Gott, sa drottning Blanka. Nu går vi till sängs!

Hon var mycket trött. De flesta gästerna sov redan, alla gemak, skrymslen och vrår var upptagna. Några av väpnarna hade fått bädda åt sig i stallet.

– Du ska veta, käre make, att det var en mycket lyckad fest, det har jag hört från många…

– Det är klart, snäste Magnus, att man roas av att få se kungen förlöjligad. Jag tolererar inte det här, det ska ni ha klart för er…

Han var på väg att elda upp sig igen.

Gripen passade på.

– Magnus, du behöver folk som du kan lita på…

Sven nickade inställsamt.

– Du säger det… Folk som jag kan lita på…

Magnus gick muttrande iväg, påföst av sin drottning.

– Jag ska köra ut dem från hovet, det ska jag, och Rosenborgen, den kan de glömma.

Bengt Jonsson Grip och Sven utväxlade belåtna blickar. Gripen hade just varit i sjukstugan och försäkrat sig om att den ene tvillingbrodern låg kvar där, inte döende men sårad. Ormdöverskan vakade över honom och mumlade sina ramsor. Sjukstugan var förresten full av sjuklingar. En gäst hade kört upp ett kycklingben i näsan och fått blodstörtning, en annan hade blivit biten i handen av sin bordsgranne då denna trott sig sätta tänderna i en gristass.

Han kunde bara inte förstå hur den andre brodern hade lyckats smita ut ur Rosenborgens jordkällare. Nåja, nu befann han sig på ett säkrare ställe. Gripen drog i sina fingrar, han hade fått den tidsfrist han behövde.

❧

I det unkna Råttgemaket läste William:

Min allra käraste fru Magnhild
I fall det skulle ske, Gud bevare oss, att Erik, jag själv
eller någon annan i vår familj skulle råka komma
i trångmål eller olycka eller ond, bråd död,
vill jag berätta för er att det vid Rosenborgen vilar
som växande liv under mitt hjärta – och som liksom
ni är för mig – en sällsam skatt.
Er tillgivna svärdotter Margarethe

Bröderna satt andäktiga. De hade haft rätt i sina aningar, det var inget kärleksbrev. Ändå andades det kärlek, deras mors tillgivenhet och kärlek till Magnhild, Margarethes svärmor och deras egen farmor. Hade inte Magnhild själv berättat att hon stöttat Erik i hans val av maka medan både faster Märta och deras farfar varit emot giftermålet. Och nu låg det en skatt, en sällsam skatt, och väntade på Rosenborgen.

– Varför sa inte farmor något? sa Ulltott.

– Hon har aldrig läst det i sin helhet, sa William. Något måste ha hänt med brevet. Kanske det klipptes itu med avsikt…?

William och Ulltott var så tagna av vad de fått veta att de inte kom sig för att göra någonting. Grodläpp var desto mer alert.

– Maskar, sa han, här kan ni inte sitta. Det ljusnar snart.

– Du har rätt, sa Ulltott och ruskade på sig. Grodläpp, vi behöver våra hästar. Kan du hämta dem åt oss?

– Ska ni verkligen rida dit? protesterade Grodläpp. Det är farligt.

– Vi måste, sa William.

– Är det inte bättre att ni går till kungen och berättar alltsammans?

Efter en kort betänketid svarade Ulltott.

– Det gör vi sen. Skynda dig nu! Vi väntar nere vid vattnet, bakom stallet.

KAPITEL 24

BRÖDER PÅ ROSENBORGEN

I öster färgades himlen rosa och sjöfåglarna började ropa. Grodläpp kom ledande med Pim och Apelgrå. Ingen människa syntes till, palatset låg tyst. Bröderna satt upp, ivriga att komma i väg.

– Rid nu, sa Grodläpp och daskade till Pim.

– Förresten, Grodläpp! sa Ulltott.

Han vände sig om.

– Håll ett öga på Gripen!

– Det kan du lita på att jag ska.

De satte av i sporrsträck. Gycklaren gned sin näsa. Han kände sig orolig, då kliade alltid nästippen.

William huttrade i morgonkylan men Pim var pigg. Ulltott tog täten och snart var de framme vid det döda trädet där genvägen mot Rosenborgen tog vid. Sammanbitna red de längs den slingrande stigen.

Fåglarna hade vaknat till liv, det kvittrade och kvillrade i trädtopparna. Det skulle inte dröja länge förrän träden skiftade i grönt. Ulltott tänkte på Rosenborgen, hur den igenväxta trädgården skulle te sig.

– Will, sa han stilla, det är nergånget, men... helt fantastiskt. Det är vår egen gård. Jag skulle vilja ta dit farmor.

– Om kungen vill, ja. Han kan ta den ifrån oss.

De blev tysta igen. Trots sin ringa ålder hade de lärt sig att tillvaron kunde vända tvärt, ingenting var säkert. Att de som föräldralösa riddarsöner tagits upp som pager av kungen var storartat. De hade varit hans favoriter men nu visste de inte hur det skulle bli.

– Ulltott, hur ska vi förklara oss inför kungen? sa William plötsligt.

Han tänkte på Gripen men ville inte säga det högt. Men Ulltott förstod.

– Vi måste hitta det som Gripen är ute efter.

Både William och Ulltott bar dolk. Ulltott använde ofta sin pilbåge, han var en duktig skytt. Egna svärd hade pojkarna ännu inte fått fast de många gånger övat duellering.

William betraktade sin bror och fnittrade.

– Vad är det om?

Den pösiga sammetshatten höll på att glida av Ulltotts huvud.

– Dina kläder är för stora...

– Det vet jag väl, sa Ulltott. Men jag har Karl Ulfssons svärd...

De red mellan busksnår och stenar. Ett svagt porlande hördes, de närmade sig bäcken. Rosenborgen skulle snart vara inom synhåll. Ulltott kände hur pulsen bultade.

Solen gick upp när de red in genom den förfallna palissaden.

Borgen, i sitt bedrövliga skick, träffades av strålarna som ett tecken på en förestående förändring.

William hade svårt att fatta att han var där igen.

– Vi börjar gräva med en gång, sa Ulltott och tog av sig hatt och mantel.

– De kommer att sova länge, sa William.

Båda visste exakt vad den andre tänkte på.

– Sedan går de i mässan, sa Ulltott. Det kommer Birgitta att kräva.

– Och efter mässan vill kungen leta efter sin krona...

– Och sedan fortsätter tornerspelen... Jag undrar hur vadet kommer att utfalla?

De försökte bli kvitt den gnagande oron som sa dem att Gripen kunde dyka upp när som helst.

– Vi har minst en halv dags försprång, sa Ulltott.

Om inte Gripen går och kontrollerar Råttgemaket, tänkte William. Han såg framför sig Gripens knotiga fingrar och hur de klämt åt hans hals.

Bröderna längtade efter att utforska hela huset steg för steg, insupa alla dofter, känna på väggarna, sitta på trappan.

– Vad är det egentligen vi ska gräva efter? sa William. Och finns det inte där inne?

– Gripen har säkert redan letat i stora huset och i går grävde han någonstans, sa Ulltott.

De hade tagit sig in i den risiga trädgården och bundit Pim och Apelgrå med en knut som lätt kunde lösas med ett ryck. Den huvudlösa halmdockan hängde i ett träd. Den såg inte alls lika skrämmande ut i morgonljuset.

– Har vi något att gräva med? sa William.

Bröderna stirrade på varandra.

– Jag tror att han lämnade kvar spaden.

De gick tillbaka och in i huset.

Spaden låg på golvet i det dammiga förrådet. De sa ingenting. Ulltott tog upp spaden och vägde den i handen.

– Vi går och tittar efter om det finns en till, sa William.

Det låg flera uthus och förråd på gården, alla illa medfarna. De gick förbi jordkällaren. Dörren var stängd.

– Härinne kanske, sa William.

Ulltott rös.

– Du får gå in …

Instinktivt såg han sig omkring men det fanns ingen där. Bara fåglarna som pep och kvittrade och flög i skytteltrafik mellan marken och sina bon med mask i näbben.

William vred om regeln och öppnade dörren till jordkällaren på vid gavel. Ulltott stannade utanför. Han hörde hur William letade där inne. Snart kom han ut med en hacka.

KAPITEL 25

KAPELLET

De började med att inspektera trädgården och Gripens tydliga försök att finna vad han sökte. Överallt syntes hål och fördjupningar i marken mellan de förvildade rosenbuskarna.

– Om man ska gräva ner något ordentligt måste man gräva djupt, sa Ulltott snusförnuftigt.

– Detta är ju omöjligt, sa William och slängde hackan.

Han hade stuckit sig på taggarna flera gånger.

– Det kan finnas var som helst, precis var som helst. Vi måste tänka…

Ulltott log mot sin bror. William var tänkaren, han ville helst lösa problem med huvudet, inte med händerna. Oftast lyckades han.

– Var skulle du gömma en dyrgrip? frågade Ulltott efter en stund.

William såg sig omkring.

– Där man minst anar det och ändå säkert.

Han gick medan han tänkte. Ulltott följde efter.

– Det är nog som du sa, fortsatte William, att Gripen har letat igenom huset och alla uthus, eldstaden, golven, alla ställen där man tror att en skatt skulle kunna ligga gömd. Men han hittade ingenting. Då började han gräva i rosenträdgården eftersom hon, jag menar vår mor, var så förtjust i rosor. Och det skulle vara ett bra ställe eftersom taggarna är vassa...

Ulltott stannade upp.

Det hördes ett kraxande i luften. Några fåglar kom flygande från skogen, rakt över deras huvuden.

– Är det något?

Ulltott ryckte på axlarna, han kände sig mycket trött.

William hade stannat vid ett mossbelupet stenbord som stod i mitten av det som en gång varit rosenlunden. Plattan vilade på två vackert formade pelare.

– Uppenbarligen har han misslyckats, sa William till slut. Jag tycker att vi börjar från början. Vi går igenom alla husen.

– Som du vill, sa Ulltott. Gripen kanske har missat något...

– Det var vad jag tänkte, sa William.

– Jag förstår det, sa Ulltott och log.

Snönos kom fram, den vita katten. Hon strök sig mot deras ben och följde efter dem från hus till hus. Låga, grå byggnader, täckta med grästorv eller kluvna stockar, starkt eftersatta med dörrar som hängde på sned. Buskar, sly och ris växte långt upp på taken.

Bröderna letade i ladan, fähusen, sädesboden och stekarhuset, de undersökte trappan in till stora huset och de tittade i brunnen på gårdsplanen. Den verkade ha sinat och ämbaret var borta.

När de stod där och kikade ner i djupet kom de på hur törstiga de var.

– Vi har inget vatten med oss, konstaterade de samtidigt.

De lossade hästarna och red till bäcken i skogsbrynet, strax nedanför palissaden.

– Tror du att skatten ligger i brunnen? sa William medan han sörplade i sig av det kalla vattnet.

– Nää, det är för uppenbart, förresten har Gripen säkert redan tittat efter.

– Vad ska vi göra? Ska vi gräva upp hela Rosenborgen?

William suckade.

En duva hoade i närheten. Solen stod redan högt på himlen.

Ulltott satt upp på Apelgrå och William följde efter, uppgiven. De red tillbaka till den risiga rosenlunden. Hästarna band de vid ett träd. De såg att Snönos hade hoppat upp på det bastanta stenbordet. Där satt hon och slickade sin päls.

Ulltott stelnade till. Vad var det Ormdöverskan hade sagt? Att hon brukade sova bakom kapellet. Han hade inte sett något kapell. Kanske för att han förknippade kapell med något stort, som en klockstapel.

Han såg sig omkring. Då upptäckte han en nästan igenvuxen gång av rosenbuskar som ledde ner mot något som såg ut som ett uthus.

– Will, har du sett? Därnere har vi inte varit.

Ulltott rättade till bandaget och började krypa genom gången. William kom snart efter.

– Är det inte konstigt? flåsade han, att Gripen som är så rik inte är dubbad riddare, bara väpnare?

– Han kanske inte vill, sa Ulltott och kröp vidare. Svära trohet inför kungen, menar jag.

– Eller så vill inte kungen ha honom som riddare, sa William tankfullt.

De hade tagit sig fram till en låg träbyggnad, inhöljd i busksnår.

Porten stod på glänt och regeln var uppbruten.

Förstummade såg sig bröderna omkring. De befann sig i ett trädoftande kapell. Luften kändes sval och fjolårets löv låg i vissna högar på golvet. Längst in i det lilla koret fanns ett enkelt altare med en kandelaber. Ljusen var nerbrunna sedan länge.

– Titta! sa William.

Med handen sopade han undan några löv från en gravhäll. Den hade en inskrift.

– Margarethe Jörensdotter Hjerta, läste han.

Bredvid fanns en annan gravhäll. Den var utan inskrift.

– Där skulle far ha legat, sa Ulltott och svalde sina tårar.

– Han ligger under äppelträden i Julita kloster …

William drog med fingrarna utmed den lena ytan. På moderns gravhäll såg man konturerna av en knähund, flankerad av två hjärtan.

– … *som växande liv under mitt hjärta …*, citerade Ulltott.

– Vad då? sa William.

Tårar rann även nerför hans kinder.

Nu var det Ulltott som hade huvudet med sig.

– Det står i brevet, sa han.

– Men skatten, eller vad det nu är, kan inte finnas i graven, sa William. Det var ju mor som skrev brevet.

– Det tror jag inte heller, sa Ulltott, men det är en upplysning.

– Vänta … var såg vi hjärtan nyss …? Ulltott! Jag har det! Nu vet jag var jag skulle gömma en dyrgrip …

William störtade ut från kapellet och kröp tillbaka i rosengången. Hans bror var honom tätt i hälarna. Andfådda kom de tillbaka till stenbordet.

Nu såg Ulltott. Övre delen av de två stenpelare som plattan vilade på var formade som bulliga hjärtan.

Ord var överflödiga. Med gemensam kraft lyckades de välta trädgårdsbordet på sidan. William slängde sig på knä och krafsade i den hårt tillplattade jorden.

Ulltott hämtade hackan. När han kom tillbaka hade William redan stött på en kista med sönderrostade järnbeslag.

Bröderna flämtade av spänning. Detta var mer än de någonsin hade kunnat föreställa sig – en skattkista nersänkt i jorden. Deras mor, den gåtfulla Margarethe, hade lämnat efter sig någonting till dem.

Allting stod fullkomligt klart.

Det var omöjligt att lyfta upp kistan ur hålet, den var för tung. Men låset hade rostat sönder. Med darrande händer började de bända upp det kraftiga locket.

Tvillingbröderna höll andan. Tänk om kistan var tom?

KAPITEL 26

UNDER HJÄRTAN AV STEN

William och Ulltott tog fram det ena föremålet efter det andra. Sällsynt vackra skedar, silverfat och skålar, dryckesbägare och spännen. Där fanns ljusstakar, halsband, ringar och ett underbart pärlbesatt diadem. Det allra vackraste var ett förgyllt silverspänne med figurer som dansade och red. Riddare och deras damer, hästar, hundar och jaktfalkar.

Böljande klänningar och mantlar.

Höviska gester.

William drog med fingrarna över den ciselerade ytan. Hade deras mor ägt detta spänne? Haft det fäst runt livet? Dansat runt med deras far i bländande elegans?

Ulltott höll diademet i sina händer. Pärlorna var ovalformade, var och en med sitt speciella mönster. Tankarna snurrade i hans huvud. Hela denna skatt måste vara ofantligt värdefull.

Där fanns ett schackspel med utsökta pjäser av elfenben och en guldring med en ovalformad, grön sten. Och där fanns mynt, både guld och silver, hundratals, ja kanske tusentals.

– Nu kan vi lösa ut Gripen!

Ulltott kastade sig raklång i gräset och började skratta.

– Ja, vi kan täppa till hans mun med alla mynten.

Även William skrattade och lät mynten rinna mellan sina fingrar.

– Vi är rika … nu klarar vi oss själva!

De tystnade och såg på varandra. De kunde inte riktigt fatta att det var sant.

– Nu kan vi tjäna kungen på riktigt. Vi kan köpa stridshingstar och rustningar, sa William.

– Vi kan rusta upp det här stället och flytta in, sa Ulltott. Och vi kan ta hit farmor …

Med gemensamma krafter lyfte de upp den nu tomma kistan ur gropen.

Långt efteråt skulle de minnas den här dagen som i ett skimmer. Vetskapen om att de tillsammans hade tytt sin mors brev och hittat skatten betydde lika mycket som alla de underbara sakerna.

Ja, de var så upptagna av sina samtal och drömmar att de inte hörde dunkandet av hovar och främmande hästgnägg. Inte ens Ulltott, som alltid brukade höra minsta gren knäckas, märkte någonting.

Solen stod lågt på himlen när Bengt Jonsson Grip och Sven stormade fram mot dem. Tvillingbröderna stirrade på varandra och sedan på alla föremålen. De skulle omöjligt hinna lägga tillbaka dem i kistan och räta upp det tunga bordet. Det slog dem att skatten kanske inte alls tillhörde dem, utan Gripen.

Och nu hade de till råga på allt grävt upp den åt honom.

Gripen såg först omåttligt förvånad ut men sedan oerhört nöjd. Sven log försmädligt. Marken runtomkring dem svämmade ju över av dyrbarheter.

Det fanns ingen möjlighet i världen för William och Ulltott att komma undan. Vi måste börja prata för att förhala tiden, tänkte Ulltott. Han sökte sin bror med blicken.

– Så det var det här du ville åt, sa han, och inte Rosenborgen.

– Duktig page, sa Gripen. Borgen kan jag ha och mista.

– Hur tror du att du ska komma undan med det? sa William.

Blixtsnabbt var Gripen nere från sin frustande hingst och drog sitt svärd. Han tryckte svärdsspetsen mot Williams hals.

William vacklade bakåt.

– Med enhörningarnas blod, väste Gripen. Er far var en av kungens favoriter och ni båda på god väg att fortsätta i det spåret. Men kungens lilla vad med drömtyderskan satte stopp för det. Ni ligger illa till hos kungen. Han kommer inte att gråta över ert öde.

– Vilket öde? pressade William fram. Ditt eller vårt?

Williams och Ulltotts far hade varit riddare, en riddare som vågat utmana de falska och trolösa.

– Nog pratat!

Gripen pressade ner William i gropen.

Då drog Ulltott Karl Ulfssons svärd.

– Karl har säkert inget emot att jag använder det här.

Ulltott stod sammanbiten och gjorde sedan ett utfall mot den överrumplade Gripen.

– Ha, ha, ditt ormyngel, skrattade Gripen och parerade, tror du att du kan vinna en duell mot mig?

Ulltott såg onekligen lustig ut i Karl Ulfssons kjortel. Den var alldeles för lång för honom fast han hade kavlat upp ärmarna.

Men när det gällde fäktning misstog sig Bengt Jonsson Grip, Ulltott hade tränat, han var snabb och kvicktänkt.

William rusade upp ur gropen. Spänt vaktade han på Sven, som dragit sin dolk, samtidigt som han följde sammandrabbningen. Bröderna visste att det inte bara var varandra och skatten som de försvarade, det var Rosenborgen och deras mors och fars minne.

Svärden blixtrade. Gripen stötte och högg, Ulltott parerade. Han var naturligtvis inte lika stark som sin motståndare utan tvingades att vänta på en blotta. Under ett ögonblick såg det ut som om Gripens svärd skulle tränga rakt igenom Ulltotts kropp.

– Din usla girigbuk, skrek William till Gripen. Du har inte lagt ner så mycket som en flisa av ett mynt på borgen. Du har fört kungen bakom ljuset och förtalat mig och min bror.

Han såg att Ulltott var trött. En stor rädsla grep honom. Skulle han och Ulltott dö här, i sin egen trädgård?

Kampen avbröts av skällande hundar och en rytande stämma.

– SCHACK MATT!

Det var kungen, från hästryggen, i sällskap med Rödnäsa och ett antal jakthundar.

Tydligen hade Magnus fått syn på schackspelet, utspritt i gräset. Inte så konstigt, eftersom det var hans favoritspel.

På Rödnäsas arm satt en jakthök. Den var bunden vid ena foten och hade en liten läderhuva på huvudet. Väpnaren hälsade bröderna med en bekymrad nick.

Gripen och Sven sa inte ett ljud. Gripens stripiga hår låg slickat mot huden. Svetten rann nerför ansiktet.

– Jaså, det är här ni håller er, fortsatte kungen, vänd mot

tvillingbröderna. Ingen, jag säger ingen, vid mitt hov är så infernaliskt duktiga på att hålla sig undan som ni bägge…

William och Ulltott kunde inte avgöra om han var arg eller rasande. Men det skulle snart visa sig. Ulltott stack flåsande tillbaka svärdet i fodralet.

– Ers Majestät, sa Gripen och bröt tystnaden, så länge det inte finns något brev vidhåller jag att Rosenborgen, och allt vad där tillhör, är min egendom.

Han gav bröderna en stickande blick och fortsatte:

– Dessa två är inkräktare och bör bestraffas.

Kungen hävde sig ur sadeln och gick långsamt mellan de fantastiska föremålen. Plötsligt fick han syn på ringen med den ovalformade stenen. Han tog upp den och höll den mot ljuset från den nedgående solen.

Stenen skimrade i magiskt grönt.

– En paddsten, sa han andäktigt. Den skänker bäraren seger i strid…

– Den är er, Ers Majestät, sa William.

Han visste att paddstenar var en märkvärdighet som man kunde hitta inne i paddornas huvuden.

– Man tackar, sa kungen, tog av sig ena handsken och trädde ringen på sitt långfinger.

– Och vi kan förklara, föll Ulltott in.

Både han och William var intensivt medvetna om att varje ord från deras sida skulle vägas på guldvåg.

– Min konung! sa Gripen och det lät som en protest, jag vidhåller…

– Tack, det räcker!

Kungen höll upp handen.

– Tvillingbröder!

Han tittade William och Ulltott stint i ögonen och de stramade upp sig.

– Jag vill ha den här saken ur världen. Nu! Vad har ni att säga?

– Det finns ett brev, sa William, det vill säga ett halvt brev, och det ligger i den där sadelväskan!

Han pekade på Svens häst och väskan som hängde vid sadeln.

Ulltott såg förbluffad på sin bror.

KAPITEL 27

VERKLIGT RIDDARSKAP

Sven protesterade högljutt.

– Det finns ingenting där! Jag vet inte vad han pratar om.

Gripen stirrade på honom.

– Dumskalle! Ta fram det, det bevisar ändå ingenting.

– Nej, nej, ni får inte!

Pagen försökte förhindra Rödnäsa från att öppna väskan.

William hade känt igen mönstret på lädret, det var samma väska som han under natten letat i. Där hade andra delen av brevet legat och var turen med honom låg det fortfarande kvar där.

Magnus Eriksson såg måttligt road ut.

Sven låg på marken och drog i Rödnäsas ben. Men väpnaren stod stadigt. Ur väskan plockade han fram en krona. Den hade en smal pannring och tre höga, liljeformade spetsar.

– Min krona! utbrast Magnus Eriksson.

Gripen såg lika överrumplad ut som Rödnäsa. Tvillingbröderna visste inte vad de skulle tro.

– Jag... jag tog hand om den, stammade Sven.

– Jag kan se det, sa kungen. Du tog säkert hand om mina pastejer också igår morse...

Han ryckte åt sig kronan, höll den framför sig och tryckte sedan ner den på sitt huvud.

– Sven, dina dagar vid hovet är slut, fortsatte Magnus. Du får resa tillbaka till din mor. Men först ska du skura stora kungasalen från golv till tak med en rotborste. Och när du är klar med det ska du skura salen en gång till. Var glad att du slipper dingla i galgen.

Sven tittade skamset ner i marken.

Gripen stod tyst och drog i sina fingrar så att det knäppte.

– Var det detta ni sökte? sa Rödnäsa som fortsatt att leta i sadelväskan.

Han höll upp den andra halvan av brevet.

William nickade. Ulltott tog fram brödernas halva och räckte den till kungen. Tvillingbröderna vågade knappt titta på honom. Det var ett avgörande ögonblick.

Då flämtade Gripen till och sträckte ut armen för att snappa åt sig brevet men Magnus höll Ulltotts del i ett fast grepp. Han tryckte ihop de båda bitarna. De passade precis. Tyst läste han igenom innehållet.

När han var klar lämnade han över brevhalvorna till bröderna.

– Vad jag kan se duger det här lika bra som ett morgongåvebrev.

Kungen såg bister ut och började att gå fram och tillbaka genom gräset.

Plötsligt stannade han upp.

– Jag ser att ni båda två har huvudet i bandage. Hur kan det komma sig?

William och Ulltott tittade på varandra, sedan på Gripen och kungen. De ville inte säga någonting, Magnus avskydde skvallerbyttor. Och som om kungen kunde läsa deras tankar gav han Gripen ett långt ögonkast och fortsatte:

– Jag tycker inte om folk som skvallrar, lismar och ställer sig in. Jag vill ha kämpatag, envetenhet och rådighet.

Han pekade på Gripen.

– Bengt Jonsson Grip, nämn den summa du vill ha av bröderna för dina utlägg och ge dig sedan av härifrån!

Väpnarens ögon glödde av hat. Hundarna rörde sig morrande runt honom.

– Ers Majestät, så kan du inte göra, protesterade han, jag som är din allra käraste vän …

– Kan jag inte? röt Magnus Eriksson. Är jag inte kung i mitt eget rike, va? Du står mig bara nära när du själv har något att vinna på det. Du, den mest hänsynslösa av människor som skulle sprätta upp din egen hustru om du kunde tjäna en penning på det. Du vann torneringen med flest poäng …

Här drog kungen efter andan innan han satte in den sista stöten.

– Men – Bengt Jonsson Grip – du har inte de sanna egenskaperna. Du blir aldrig riddare i mitt rike! Du kan inte ens fäktas ordentligt!

Gripens korpögon såg ut att falla ur ögonhålorna. Han insåg att han just gått miste om sitt livs kap.

– Nej, nej, väste han och föll ner på knä. Jag som är din trognaste vän …

Kungen ignorerade honom och vände sig till William och Ulltott som bägge andades ut. De hade inte väntat sig en sådan utgång.

– Mina kära pojkar, sa Magnus Eriksson, jag lägger märke

till mer än ni tror. Ni har just blivit väpnare vid mitt hov. Och Henrik, du får lov att lämna tillbaka Karls kläder och vapen! Du och William ska få egna svärd.

Ulltott sträckte på sig, allra helst hade han velat slänga sig på marken och tumla runt med hundarna i ren glädje. William tryckte hans hand. Han var oändligt stolt över sin bror.

Det hade blivit sommar, bäckarna porlade och träden stod i sin skiraste grönska. Sjöfåglarna vid Vättern snattrade och pep.

Birgitta hade tagit farväl och rest. Uppbrottet blev lugnt, inga hårda ord yttrades, varken av Birgitta eller av kungen. Magnus andades ut och bestämde att man skulle göra en utflykt till Rosenborgen. Han tyckte om att sitta i sadeln.

Drottning Blanka, som ibland saknade det förnäma livet i kungariket Namur där hon var född, hade låtit tjänarna ta med rikligt med mat och vin, och till och med dukar, för att de skulle kunna äta ståndsmässigt i det gröna.

Hålet, där kistan legat gömd, var igenfyllt, stenbordet på plats och brödernas skatt i säkert förvar. Trädgården spirade av liv. Fåglar, bin och fjärilar flög av och an. I gräset växte tusenskönor och gullvivor. Rosorna, som blivit ansade, var i början av sin blomning och spred en angenäm doft.

Bröderna hade låtit hämta sin farmor, gamla fru Magnhild, från Enhörningsholm. Nu satt hon i en karmstol, utburen från huset, och njöt med slutna ögon.

– Detta kommer att bli ett förträffligt hus, sa kungen. När man rustat upp det…

– Det är ett paradis, käre make, sa drottningen. Se på koltrastarna i äppelträdet!

– Ja, friden härskar…

Kungen sträckte på benen.

– Inga ränker, inget tumult och ingen vadslagning, fortsatte han. Tack och lov att festen är över för drömtyderskan.

– Magnus! bannade Blanka.

– Jag vet, sa Magnus, jag är inte snäll, men jag kan inte låta bli. Och förresten slutade vadet oavgjort, du borde vara nöjd.

– Pratar ni om människan som talar med Gud?

Gamla fru Magnhild vaknade ur sin dvala.

– Vi gör väl det, sa kungen. Vi pratar om vår kära Birgitta.

– Tänk, jag skulle ha velat fråga henne om vad vår Herre säger…

– Han har sagt åt henne att resa till Rom.

– Har han sagt att hon är dum…?

Magnhild såg förvirrad ut.

Kungen log.

– Nej, ROM, hon ska resa till Rom, den heliga staden.

– Jaså, Rom, sa fru Magnhild. Då är allt frid och fröjd…

– Ja, allt är verkligen frid och fröjd, sa kungen och suckade belåtet. Rom är väldigt långt borta…

Drottningen ställde upp schackpjäserna, hon ville spela ett parti. Tvillingbröderna hade skänkt henne spelet.

– Jag tror att det är min tur att ta hand om pagerna nu, sa hon.

– Jaså, sa kungen, är du missnöjd med dem?

– Inte alls, de har varit mycket generösa, både mot dig och mig.

– Jag vet det, sa Magnus och betraktade sin ring med den gröna paddstenen. De har även tänkt på de fattiga och skänkt pengar till sjukstugan.

– Men de behöver veta mer om damer, fortsatte Blanka, nu när de har utsetts till väpnare. Och de har aldrig haft en mor …

– Ditt drag! sa kungen.

– De måste lära sig att dansa bättre.

Drottningen flyttade en springare.

– Då ska de få det, sa kungen. Om du lovar att låta dem öva med svärdet då och då.

Han gav sin drottning en kyss.

Sigrid Ormdöverskan var försvunnen. Will och Ulltott hade velat fråga henne om så mycket. Om hur det var den dagen när de kom till världen. Och de hade velat tacka henne. Men Rödnäsa förklarade att så var det med de kloka – de dök upp där de behövdes som bäst, de kom och gick. Det var ingenting man skulle bry sin hjärna med.

Will och Ulltott gick in i huset, till rummet med vaggan. De sa ingenting. Båda ville att den andre skulle få vara ifred med sina tankar. William drog med handen utmed vaggans ådriga trä.

Dammet dansade på en solstråle som silade in genom den trasiga fönsterluckan.

– Hon fick aldrig sjunga vaggsånger för oss, sa William.

– Men farmor fick vara med när vi blev utsedda till väpnare.

Ulltott såg på sin bror.

– Ja, det är ett mysterium, sa William efter en stund.

– Vad? sa Ulltott.

– Livet, sa William.

Mer blev inte sagt, de gick ut på trappan där den vita katten satt och slickade sin nos.

ELIN TJUVAFINGERS VANVÖRDIGA VISA

Har ni sett vad bödeln gör?
Snittar öron, köper smör.
Vill du ej bli öronlös?
Spring så långt du kan, min tös.
Svipp, svopp, hej hopp fallera!

Vet ni vad en bödel gör,
När han längtar efter smör?
Höjer yxan, munnen flina.
Hugger av dig näsan fina.
Svipp, svopp, hej hopp fallera!

Vet ni vad en bödel vill,
När hans kärlek rinner till?
Svipp och svopp, kniven opp!
Dansar med sin kära tös –
Fast hon dansar huvudlös!
Hej hopp fallera!

FÖRFATTARENS EFTERORD

Sant är att Birgitta Birgersdotter, känd som den Heliga Birgitta, lämnade Sverige år 1349 för att resa till Rom. Hon behövde påvens tillstånd för att få grunda en ny klosterorden. Birgitta hade varit kung Magnus och drottning Blankas hovmästarinna eller mentor med ett modernt ord.

Sant är också att kungaparet testamenterade Vadstena kungliga gård till ett blivande kloster och att en klosterkyrka skulle byggas där Magnus och Blanka tänkte låta sig begravas. De önskade en rikt utsmyckad gravplats, något som Birgitta i högsta grad ogillade.

Hennes orden skulle vara *sann ödmjukhet, ren kyskhet och fattigdom*. Det ironiska är att varken Magnus eller Blanka kom att begravas i klosterkyrkan. Blanka dog 1363 och hennes gravplats är okänd. Magnus drunknade vid ett skeppsbrott utanför Norges kust. Birgitta däremot fick sin viloplats i Vadstena klosterkyrka samma år som Magnus omkom, år 1374.

Den historiska föregångaren till min karaktär Bengt Jonsson Grip är Bo Jonsson Grip. Han blev aldrig riddare och hörde från början till Magnus Erikssons anhängare. Bo Jonsson var under en tid Sveriges mäktigaste man och det sägs att han skaffade sig sina allt större godskomplex med skrupelfria metoder. Han ligger också begravd i Vadstena klosterkyrka.

Till livet som riddare hörde vissa ideal som tapperhet och ädelmod. En riddare skulle vara modig i strid, slå vakt om kyrkan och beskydda kvinnor och barn. Han skulle kunna hantera vapen och vara en skicklig ryttare. Till hovets nöjen hörde dans och musik, högläsning, schackspel och tornerspel. Man vet att kung Magnus ägde ett schackspel med pjäser av elfenben. Tornerspel har hållits i Sverige även om det bara finns ett fåtal belagda i de skriftliga källorna.

I min bok *Sketna Gertrud och kung Magnus kalas* går ett tornerspel av stapeln vid Stockholms slott år 1336. Det är historiskt belagt. Tornerspelet i denna bok är däremot uppdiktat, liksom avskedsfesten för Birgitta.

Borgen Rosenborgen har ingen exakt historisk förebild. Många borgar (hus) raserades redan under medeltiden. Det finns spår av dem i landskapet och flera känner vi till genom att de omnämns i till exempel brev och testamenten. Alla borgar var inte av sten, de kunde vara trähus byggda på stengrund och påminna om större bondgårdar.

Om konsten att skära upp kött och fisk (tranchering) kan man läsa i boken *Kung Arthurs värld* av Kevin Crossley-Holland. Där får man också veta mer om det höviska riddaridealet. Läs även om riddare och rovriddare, mat, dryck, seder och bruk i *RIKET boken om 1300-talet.*

Tack till Tina Rodhe, Tommy Hellman och Yvonne Eklund vid Stockholms medeltidsmuseum för goda råd och kritisk läsning.

fru Magnhild

Gud bevare oss, att Erik, jag själv

familj skulle råka komma

eller ond, bråd död,

att det vid Rosenborgen vilar

under mitt hjärta – och som likso

svärdotter Margrethe